# 罗密欧与朱丽叶

[英]威廉·莎士比亚 ◎ 著　　朱生豪 ◎ 译

## 图书在版编目（CIP）数据

罗密欧与朱丽叶 /（英）威廉·莎士比亚著；朱生豪译. -- 成都：四川大学出版社，2024. 8. -- ISBN 978-7-5690-7257-0

Ⅰ．I561.33

中国国家版本馆 CIP 数据核字第 20241R4S47 号

---

| 书　　名： | 罗密欧与朱丽叶 |
|---|---|
| | Luomi'ou yu Zhuliye |
| 著　　者： | [英]威廉·莎士比亚 |
| 译　　者： | 朱生豪 |

---

责任编辑：刘　畅
责任校对：朱兰双
装帧设计：曾冯璇
责任印制：王　炜

---

出版发行：四川大学出版社有限责任公司
　　地址：成都市一环路南一段 24 号（610065）
　　电话：（028）85408311（发行部）、85400276（总编室）
　　电子邮箱：scupress@vip.163.com
　　网址：https://press.scu.edu.cn
印前制作：人天兀鲁思（北京）文化传媒有限公司
印刷装订：北京文昌阁彩色印刷有限责任公司

---

成品尺寸：145mm×210mm
印　　张：7.375
字　　数：146 千字

---

版　　次：2024 年 9 月 第 1 版
印　　次：2024 年 9 月 第 1 次印刷
印　　数：1-3000 册
定　　价：68.00 元

---

本社图书如有印装质量问题，请联系发行部调换

**版权所有 ◆ 侵权必究**

扫码获取数字资源

四川大学出版社
微信公众号

# 目录

## 罗密欧与朱丽叶

剧中人物 ...................................... 2

地点 .......................................... 3

开场诗 ........................................ 5

### 第一幕

第一场　维洛那。广场 .......................... 7

第二场　同前。街道 ........................... 16

第三场　同前　凯普莱特家中一室 ............... 20

第四场　同前。街道 ........................... 25

第五场　同前。凯普莱特家中厅堂 ............... 29

开场诗 ....................................... 37

### 第二幕

第一场　维洛那。凯普莱特花园墙外的小巷 ....... 38

第二场　同前。凯普莱特家花园 ................. 40

第三场　同前　劳伦斯神父的寺院 ............... 48

第四场　同前。街道 ........................... 52

第五场　同前。凯普莱特家花园 ................. 61

第六场　同前。劳伦斯神父的寺院 ............... 64

1

### 第三幕

第一场　维洛那。广场 ......................................... 67

第二场　同前。凯普莱特家花园 ......................... 76

第三场　同前。劳伦斯神父的寺院 ..................... 81

第四场　同前。凯普莱特家中一室 ..................... 88

第五场　同前。朱丽叶的卧室 ............................. 90

### 第四幕

第一场　维洛那。劳伦斯神父的寺院 ............... 100

第二场　同前。凯普莱特家厅堂 ....................... 105

第三场　同前。朱丽叶的卧室 ........................... 107

第四场　同前。凯普莱特家厅堂 ....................... 109

第五场　同前　朱丽叶的卧室 ........................... 111

### 第五幕

第一场　曼多亚。街道 ....................................... 118

第二场　维洛那。劳伦斯神父的寺院 ............... 121

第三场　同前。凯普莱特家坟茔所在的墓地 ... 123

## 仲夏夜之梦

剧中人物 ............................................. 136
地点 ................................................. 137

### 第一幕

第一场　雅典。忒修斯宫中 ........................... 139
第二场　同前。昆斯家中 ............................. 148

### 第二幕

第一场　雅典附近的森林 ............................. 153
第二场　林中另一处 ................................. 163

### 第三幕

第一场　林中。提泰妮娅熟睡未醒 ..................... 170
第二场　林中的另一处 ............................... 179

### 第四幕

第一场　林中 ....................................... 198
第二场　雅典。昆斯家中 ............................. 206

### 第五幕

第一场　雅典。忒修斯宫中 ........................... 209

# 罗密欧与朱丽叶

# 剧中人物

**埃斯卡勒斯：** 维洛那亲王

**巴里斯：** 少年贵族，亲王的亲戚

**蒙太古、凯普莱特：** 互相敌视的两家家长

**罗密欧：** 蒙太古之子

**迈丘西奥：** 罗密欧的朋友，亲王的亲戚

**班伏里奥：** 罗密欧的朋友，蒙太古之侄

**提伯尔特：** 凯普莱特之侄

**劳伦斯神父：** 方济各会教士

**约翰神父：** 与劳伦斯同门的教士

**鲍尔萨泽：** 罗密欧的仆人

**桑普森、葛雷古利：** 凯普莱特的仆人

**彼得：** 朱丽叶乳媪的从仆

**亚伯拉罕：** 蒙太古的仆人

**卖药人**

**乐工三人**

**迈丘西奥的侍童**

**巴里斯的侍童**

**蒙太古夫人**

**凯普莱特夫人**

**朱丽叶：凯普莱特之女**

**朱丽叶的乳媪**

**维洛那市民**

**两家男女亲属**

**跳舞者、卫士、巡丁、侍从等**

**致辞者**

## 地点

**维洛那、曼多亚**

# 开场诗

【致辞者上。

　　故事发生在维洛那名城,
　　有两家门第相当的巨族,
　　累世的宿怨激起了新争,
　　鲜血把市民的白手污渎。
　　是命运注定这两家仇敌,
　　生下了一双不幸的恋人,
　　他们的悲惨凄凉的殒灭,
　　和解了他们交恶的尊亲。
　　这一段生生死死的恋爱,
　　还有那两家父母的嫌隙,
　　把一对多情的儿女杀害,
　　演成了今天这一本戏剧。
　　交代过这几句挈领提纲,
　　请诸位耐着心细听端详。

　　　　　　（下）

# 第一幕

## 第一场　维洛那。广场

【桑普森及葛雷古利各持盾剑上。

**桑普森：**葛雷古利，咱们可真的不能让人家当作苦力一样欺侮。

**葛雷古利：**对了，咱们不是可以随便给人欺侮的。

**桑普森：**我说，咱们要是发起脾气来，就会拔刀子动武。

**葛雷古利：**对了，可是不要给吊在绞刑架上。

**桑普森：**我一动性子，我的剑是不认人的。

**葛雷古利：**可是你不大容易动性子。

**桑普森：**我见了蒙太古家的狗子就动性子。

**葛雷古利：**动什么，有胆量就寸步不动，你若是动一动，就是脚底涂油——溜了。

**桑普森：**我见了他们家里的狗子，就会站住不动。只要是蒙太古家的，不管男女，我都要占据墙根，把他们推到街心的阴沟里去。

**葛雷古利：**哈，那你可就真成了不中用的家伙，不中用的家伙才缩在墙根呢！

**葛雷古利：**拔出你的家伙，蒙太古家的人过来了。

【亚伯拉罕及鲍尔萨泽上。

**桑普森：**我的家伙已经拔出来了。你去跟他们吵起来，我就在你背后帮你的忙。

**葛雷古利：**怎么？你想转过背逃走吗？

**桑普森：**你放心吧，我不是那样的人。

**葛雷古利：**哼，我倒有点儿不放心！

**桑普森：**还是让他们先动手，打起官司来也是咱们的理直。

**葛雷古利：**我走过去向他们横个白眼，瞧他们怎么样。

**桑普森：**好，瞧他们有没有胆。我要向他们咬我的大拇指，瞧他们能不能忍受这样的侮辱。

**亚伯拉罕：**你向我们咬你的大拇指吗？

**桑普森：**我是咬我的大拇指。

**亚伯拉罕：**你是向我们咬你的大拇指吗？

**桑普森：**（向葛雷古利旁白）要是我说是，那么打起官司来是谁的理直？

**葛雷古利：**（向桑普森旁白）是他们的理直。

**第一幕　第一场　维洛那。广场**

**桑普森：**不，我不是向你们咬我的大拇指；可是我是咬我的大拇指。

**葛雷古利：**你是要向我们挑衅吗？

**亚伯拉罕：**挑衅？不，哪儿的话！

**桑普森：**你要是想跟我们吵架，那么我可以奉陪；你也是你家主子的奴才，我也是我家主子的奴才，难道我家的主子就比不上你家的主子？

**亚伯拉罕：**比不上。

**桑普森：**好。

**葛雷古利：**（向桑普森旁白）说"比得上"；我家老爷的一位亲戚来了。

**桑普森：**比得上。

**亚伯拉罕：**你胡说。

**桑普森：**是汉子就拔出刀子来。葛雷古利，别忘了你的杀手剑。（双方互斗）

　　【班伏里奥上。

**班伏里奥：**分开，蠢材！收起你们的剑。你们不知道你们在干些什么事。（击下众仆的剑）

　　【提伯尔特上。

**提伯尔特：**怎么！你跟这些不中用的奴才吵架吗？过来，班伏里奥，让我结果你的性命。

**班伏里奥：**我不过维持和平。收起你的剑，或者帮我分开这些人。

**提伯尔特：**什么！你拔出了剑，还说什么和平？我痛恨这两个字，就跟我痛恨地狱、痛恨所有蒙太古家的人和你一样。照剑，懦夫！（二人相斗）

【两家各有若干人上，加入争斗；一群市民持枪棍继上。

**众市民：**打！打！打！把他们打下来！打倒凯普莱特！打倒蒙太古！

【凯普莱特穿长袍及凯普莱特夫人同上。

**凯普莱特：**什么事吵得这个样子？喂！把我的长剑拿来。

**凯普莱特夫人：**是拐杖！是拐杖！你要剑做什么用？

**凯普莱特：**快拿剑来！蒙太古那老东西来啦。他还晃着他的剑，明明在跟我寻事。

【蒙太古及蒙太古夫人上。

**蒙太古：**凯普莱特，你这奸贼！——别拉住我，让我去。

**蒙太古夫人：**你要去跟人家吵架，我不让你走一步路。

【亲王率侍从上。

**亲王：**目无法纪的臣民，扰乱治安的罪人，你们的刀剑都被你们邻人的血玷污了——他们不听我的话吗？喂，听着！你们这些人，你们这些畜生，你们为了扑灭你们怨毒的怒焰，不惜让殷红的流泉从你们的血管里喷涌出来；你们要是畏惧刑法，

第一幕　第一场　维洛那。广场

赶快给我把你们的凶器从你们血腥的手里丢下来,静听你们震怒的君王的判决。凯普莱特,蒙太古,你们已经三次为了一句口头上的空言,引起了市民的械斗,扰乱了我们街道上的安宁,害得维洛那的年老公民,也不能不脱下他们尊严的装束,在他们习于安乐的、苍老衰弱的手里捐起古旧的长枪来,分解你们溃烂的纷争。要是你们以后再在市街上闹事,就要把你们的生命作为扰乱治安的代价。现在别人都给我退下去;凯普莱特,你跟我来;蒙太古,你今天下午到自由村的审判厅里来,听候我对于今天这一案的宣判。大家散开去,倘有逗留不去的,格杀不论!(除蒙太古夫妇及班伏里奥外,皆下)

**蒙太古:** 是谁把一场宿怨挑成了新的纷争?侄儿,对我说,他们动手的时候你也在场吗?

**班伏里奥:** 我还没有到这儿来,您的仇家的仆人跟您家里的仆人已经打成一团了。我拔出剑来分开他们;就在这时候,那个性如烈火的提伯尔特提着剑来了,他向我口出不逊之言,把剑在他自己头上挥舞得嗖嗖作响,就像风在那儿讥笑他的装腔作势一样。当我们正在剑来剑去的时候,人越来越多,有的帮这一面,有的帮那一面,乱哄哄地互相争斗,直等亲王来了,方才把两边的人喝开。

**蒙太古夫人:** 啊,罗密欧呢?你今天见过他吗?我很高兴他没有参加这场争斗。

**班伏里奥：**伯母，在尊严的太阳开始从东方的黄金窗里探出头来的前一个时辰，我因为心中烦闷，到郊外去散步，在城西一丛枫树的下面，我看见罗密欧兄弟一早在那儿走来走去。我正要向他走过去，他已经看见了我，就躲到树林深处去了。我因为自己也是心灰意懒，觉得连自己这一身也是多余的，只想找一处没有人迹的地方，所以凭着自己的心境推测别人的心境，也就不去找他多事，彼此互相避开了。

**蒙太古：**好多天的早晨都有人在那边看见过他，用眼泪洒为清晨的露水，用长叹嘘成天空的云雾。可是一等到鼓舞众生的太阳在东方的天边开始揭起黎明女神床上灰黑色的帐幕的时候，我那怀着一颗沉重的心的儿子，就逃避了光明，溜回到家里，一个人关起了门躲在房间里，闭紧了窗子，把大好的阳光锁在外面，为他自己造成了一个人工的黑夜。他这一种怪脾气恐怕不是好兆，除非良言劝告可以替他解除心头的烦恼。

**班伏里奥：**伯父，您知道他的烦恼的根源吗？

**蒙太古：**我不知道，也没有法子从他自己嘴里探听出来。

**班伏里奥：**您有没有设法探问过他？

**蒙太古：**我自己以及许多其他的朋友都曾经探问过他，可是他把心事一起闷在自己肚里，总是守口如瓶，不让人家试探出来，正像一朵初生的蓓蕾，还没有迎风舒展它的嫩瓣，向太阳献吐它的娇艳，就给妒忌的蛀虫咬啮了一样。只要能够知道他的悲哀究竟是从什么地方来的，我们一定会尽心竭力替他找寻治疗的方案。

**班伏里奥：** 瞧，他来了。请您站在一旁，等我去问问他究竟有些什么心事，看他理不理我。

**蒙太古：** 但愿你留在这儿，能够听到他的真情的吐露。来，夫人我们去吧。（蒙太古夫妇同下）

【罗密欧上。

**班伏里奥：** 早安，兄弟。

**罗密欧：** 天还是这样早吗？

**班伏里奥：** 刚才敲过九点钟。

**罗密欧：** 唉！在悲哀里度过的时间似乎是格外长的。急忙忙地走过去的那个人，不就是我的父亲吗？

**班伏里奥：** 正是。什么悲哀使罗密欧的时间过得这样长？

**罗密欧：** 因为我缺少了可以使时间变得短促的东西。

**班伏里奥：** 你跌进了恋爱的网里了吗？

**罗密欧：** 我徘徊在恋爱的门外，因为我得不到我意中人的欢心。

**班伏里奥：** 唉！想不到爱神的外表这样温柔，其实却如此残暴！

**罗密欧：** 唉！想不到爱神蒙着眼睛，却会一直闯进人们的心灵！

我们在什么地方吃饭？哎哟！又是谁在这儿打过架了？可是不必告诉我，我早就知道了。这些都是怨恨造成的后果，可是爱情的力量比它还要大过许多。啊，吵吵闹闹的相爱，亲亲热热的怨恨！啊，无中生有的一切！啊，沉重的轻浮，严肃的狂妄，整齐的混乱，铅铸的羽毛，光明的烟雾，寒冷的火焰，憔悴的健康，永远觉醒的睡眠，否定的存在！我感觉到的爱情正是这么一种东西，可是我并不喜爱这一种爱情。你不会笑我吗？

**班伏里奥：**不，兄弟，我倒是有点儿想哭。

**罗密欧：**好人，为什么呢？

**班伏里奥：**因为瞧着你善良的心受到这样的痛苦。

**罗密欧：**唉！这就是爱情的错误，我自己已经有太多的忧愁重压在我的心头，你对我表示的同情，徒然使我在太多的忧愁之上，再加上一重忧愁。爱情是叹息吹起的一阵烟，恋人的眼中有它净化了的火星，恋人的眼泪是它激起的波涛；它又是最智慧的疯狂，哽喉的苦味、吃不到嘴的蜜糖。再见，兄弟。（欲去）

**班伏里奥：**且慢，让我跟你一块儿去。要是你就这样丢下了我，未免太不给我面子啦。

**罗密欧：**嘿！我已经遗失了我自己。我不在这儿，这不是罗密欧，他是在别的地方。

**班伏里奥：** 老实告诉我，你所爱的是谁？

**罗密欧：** 什么！你要我在痛苦呻吟中说出她的名字来吗？

**班伏里奥：** 痛苦呻吟！不，你只要告诉我她是谁就得了。

**罗密欧：** 叫一个病人郑重其事地立起遗嘱来！啊，对于一个病重的人，还有什么比这更刺痛他的心？老实对你说，兄弟，我是爱上了一个女人。

**班伏里奥：** 我说你一定在恋爱，果然猜得不错。

**罗密欧：** 好一个每发必中的射手！我所爱的是一位美貌的姑娘。

**班伏里奥：** 好兄弟，目标越好，射得越准。

**罗密欧：** 你这一箭就射岔了。丘必特的金箭不能射中她的心；她有狄安娜女神的圣洁，不让爱情稚弱的弓矢损害她的坚不可破的贞操。她不愿听任深怜密爱的词句把她包围，也不愿让灼灼逼人的眼光向她进攻，更不愿接受可以使圣人动心的黄金的诱惑。啊！美貌便是她巨大的财富，只可惜她一死以后，她的美貌也要化为黄土！

**班伏里奥：** 那么她已经立誓终身守贞不嫁了吗？

**罗密欧：** 她已经立下了这样的誓言，为了珍惜她自己，造成了莫大的浪费。因为她让美貌在无情的岁月中日渐枯萎，不知道替后世传留下她的绝世容华。她是个太美丽、太聪明的人儿，不应该剥夺她自身的幸福，使我抱恨终天。她已经立誓割舍

15

爱情，我现在活着也就等于死去一般。

**班伏里奥：**听我的劝告，别再想起她了。

**罗密欧：**啊！那么你教我怎样忘记吧。

**班伏里奥：**你可以放纵你的眼睛，让它们多看几个世间的美人。

**罗密欧：**那不过格外使我觉得她的美艳无双罢了。那些吻着美人娇额的幸运的面罩，因为它们是黑色的缘故，常常使我们想起被它们遮掩的面庞不知应该多么娇丽。突然盲目的人，永远不会忘记存留在他消失了的视觉中的宝贵的影像。给我看一个姿容绝代的美人，她的美貌除了使我记起世上有一个人比她更美以外，还有什么别的用处？再见，你不能教我怎样忘记。

**班伏里奥：**我一定要证明我的意见不错，否则死了也不瞑目。

（各下）

## 第二场　同前。街道

【凯普莱特、巴里斯及仆人上。

**凯普莱特：**可是蒙太古也负着跟我同样的责任；我想，像我们这样有了年纪的人，维持和平还不是难事。

**巴里斯：** 你们两家都是很有名望的大族，结下了这样不解的冤仇，真是一件不幸的事。可是老伯，您对于我的求婚有什么见教？

**凯普莱特：** 我的意思早就对您表示过了。我的女儿今年还没有满十四岁，完全是一个不懂事的孩子；再过两个夏天，才可以谈到亲事。

**巴里斯：** 比她年纪更小的人，都已经做了幸福的母亲了。

**凯普莱特：** 早结果的树木一定早凋。我在这世上什么希望都已经没有了，只有她是我的唯一的安慰。可是向她求爱吧，善良的巴里斯得到她的欢心；只要她愿意，我的同意是没有问题的。今天晚上，我要按照旧例，举行一次宴会，邀请许多亲友参加；您也是我所要邀请的一个，请您接受我的最诚挚的欢迎。在寒舍里，今晚您可以见到灿烂的群星翩然下降，照亮了黑暗的天空；在蓓蕾一样娇艳的女郎丛里，您可以充分享受青春的愉快，正像盛装的四月追随着残冬的足迹降临人世，在年轻人的心里充满着活跃的欢欣一样。您可以听一个够，看一个饱，从许多美貌的女郎中间，连我的女儿也在其内，拣一个最好的做您的意中人。来，跟我去。（以一纸交仆人）你去到维洛那全城走一转，一个一个去找这单子上有名字的人，请他们到我的家里来。（凯普莱特、巴里斯同下）

仆人：找这单子上有名字的人！人家说，鞋匠的针线，裁缝的钉锤，渔夫的笔，画师的网，各人有各人的职司；可是我们的老爷却叫我找这单子上有名字的人，我怎么知道写字的人在这上面写着些什么？我一定要找个识字的人。来得正好。

【班伏里奥及罗密欧上。

班伏里奥：不，兄弟，新的火焰可以把旧的火焰扑灭，大的苦痛可以使小的苦痛减轻；头晕目眩的时候，只要反方向再转上几圈；一桩绝望的忧伤，也可以用另一桩烦恼把它驱除。给你的眼睛找一个新的迷惑，你的痼疾就可以霍然脱体。

罗密欧：你的药草只好医治——

班伏里奥：医治什么？

罗密欧：医治你的跌伤的胫骨。

班伏里奥：怎么，罗密欧，你疯了吗？

罗密欧：我没有疯，可是比疯人更不自由；关在牢狱里，不进饮食，挨受着鞭挞和酷刑——晚安，好朋友！

仆人：晚安！请问先生您念过书吗？

罗密欧：是的，这是我在不幸中的唯一资产。

仆人：也许您会不看着书念；可是请问您会不会看着字一个一个地念？

罗密欧：是我认得的字，我就会念。

**仆人：** 您说得很老实，上帝保佑您！（欲去）

**罗密欧：** 等一等，朋友，我会念。"玛丁诺先生暨夫人及诸位令爱；安赛尔美伯爵及诸位令妹；寡居之维特鲁维奥夫人；帕拉森西奥先生及诸位令侄女；迈丘西奥及其令弟伐伦泰因；凯普莱特叔父暨婶母及诸位贤妹；罗瑟琳贤侄女；丽维娅；伐伦西奥先生及令表弟提伯尔特；路西奥及活泼之海丽娜。"好一群名士贤媛！请他们到什么地方去？

**仆人：** 到我们家里吃饭去。

**罗密欧：** 谁的家里？

**仆人：** 我的主人的家里。

**罗密欧：** 那还用问吗？

**仆人：** 那么好，您不用问我，我就告诉您吧。我的主人就是那个有财有势的凯普莱特。要是您不是蒙太古家里的人，请您也来跟我们喝一杯酒，上帝保佑您！（下）

**班伏里奥：** 在这一个凯普莱特家里按照旧例举行的宴会中，你所热恋的美人罗瑟琳也要跟着维洛那城里所有的绝色名媛一同出席。你也到那儿去吧，用不带成见的眼光，把她的容貌跟别人比较比较，你就可以知道你的天鹅不过是一只乌鸦罢了。

**罗密欧：** 要是我的虔敬的眼睛会相信这种谬误的幻象，那么让眼泪变成火焰，把这一双罪状昭著的异教邪徒烧成灰烬吧！比我的爱人还美！烛照万物的太阳，自有天地以来也不曾看见过一个可以和她媲美的人。

**班伏里奥：** 嘿！你看见她的时候，因为没有别人在旁边，你的两只眼睛里只有她一个人，所以你以为她是美丽的；可是在你那水晶的天秤里，要是把你的恋人跟另外一个我可以在这宴会里指点给你看的美貌的姑娘同时较量起来，那么她现在虽然仪态万方，那时候就要自惭形秽了。

**罗密欧：** 我倒要去这一次；不是去看你所说的美人，只要看看我自己的爱人怎样大放光彩，我就心满意足了。（同下）

## 第三场　同前　凯普莱特家中一室

【凯普莱特夫人及乳媪上。

**凯普莱特夫人：** 奶妈，我的女儿呢？叫她出来见我。

**乳媪：** 凭着我十二岁时候的童贞发誓，我早就叫过她了。喂，小绵羊！喂，小鸟儿！上帝保佑！这孩子到什么地方去啦？喂，朱丽叶！

## 第一幕 第三场 同前 凯普莱特家中一室

【朱丽叶上。

**朱丽叶：** 什么事？谁叫我？

**乳媪：** 你的母亲。

**朱丽叶：** 母亲，我来了。您有什么吩咐？

**凯普莱特夫人：** 是这么一件事。奶妈，你出去一会儿。我们要谈些秘密的话。——奶妈，你回来吧；我想起来了，你也应当听听我们的谈话。你知道我的女儿年纪也不算怎么小啦。

**乳媪：** 对啊，我把她的生辰记得清清楚楚。

**凯普莱特夫人：** 她现在还不满十四岁。

**乳媪：** 我可以用我的十四颗牙齿打赌——唉，说来伤心，我的牙齿掉得只剩四颗啦！——她还没有满十四岁呢。现在离收获节还有多久？

**凯普莱特夫人：** 两个星期多一点儿。

**乳媪：** 不多不少，不先不后，到收获节的晚上她才满十四岁。苏珊跟她同年——上帝安息一切基督徒的灵魂！唉！苏珊是跟上帝在一起啦，我命里不该有这样一个孩子。可是我说过的，到收获节的晚上，她就要满十四岁啦。正是，一点儿不错，我记得清清楚楚的。自从地震那一年到现在，已经十一年啦。那时候她已经断了奶，我永远不会忘记，不先不后，刚巧在那一天；因为我在那时候用艾叶涂在奶头上，坐在鸽棚下面晒着太阳；老爷跟您那时候都在曼多亚。瞧，我的记性可不算坏。可是我说的，她一尝到我奶头上的艾叶的味道，觉得变苦啦，哎哟，这可爱的小傻瓜！她就发起脾气来，把奶头甩开啦，就在这时候，鸽子笼就摇起来了。我二话没说，拔腿就跑。这句话说来话长，算来也有十一年啦。后来她就慢慢儿会一个人站得直挺挺的，还会摇呀摆地到处乱跑，就是在她跌破额角的那一天，我那去世的丈夫——上帝安息他的灵魂，他是个喜欢说说笑笑的人——把这孩子抱了起来。"啊！"他说，"你扑在地上了吗？等你长大了，你就要仰在床上了。是不是呀，朱丽？"谁知道这个可爱的坏东西忽然停住了哭声，说："嗯。"哎哟，真把人都笑死了！瞧瞧！这么些年前说的笑话这回成真了！要是我活到一千岁，我也再不会忘记这句话。"是不是呀，朱丽？"他说。这可爱的小傻瓜就停住了哭声，说："嗯。"

**凯普莱特夫人：** 得了得了，请你别说下去了吧。

**乳媪：** 是，太太。可是我一想到她会停住了哭说"嗯"，就禁不住笑起来。不说假话，她额角上肿起了像小雄鸡的睾丸那么大的一个包哩；这一跤摔得真不轻，小家伙哭得可凶了。她痛得放声大哭；"啊！"我的丈夫说，"你扑在地上了吗？等你长大了，你就要仰在床上了；是不是呀，朱丽？"她就停住了哭声,说"嗯。"

**朱丽叶:** 我说,奶妈,你也可以停嘴了。

**乳媪:** 好,我不说啦,我不说啦。上帝保佑你!你是在我手里抚养长大的一个最可爱的小宝贝。要是我能够活到有一天瞧着你嫁了出去,也算了结我的一桩心愿啦。

**凯普莱特夫人:** 是呀,我现在就是要谈起她的亲事。朱丽叶我的孩子,告诉我,要是现在把你嫁出去,你觉得怎么样?

**朱丽叶:** 这是我做梦也没有想到过的一件荣誉。

**乳媪:** 一件荣誉!倘不是你只有我这一个奶妈,我一定要说你的聪明是从奶头上得来的。

**凯普莱特夫人:** 好,现在你把婚姻问题考虑考虑吧。在这维洛那城里,比你再年轻点儿的千金小姐们,都已经做了母亲啦。就拿我来说吧,我在你现在这样的年纪,也已经生下了你。废话用不到多说,少年英俊的巴里斯已经来向你求过婚啦。

**乳媪:** 真是一位好官人,小姐!像这样的一个男人,小姐,真是天下少有。哎哟!他才是一位十全十美的好郎君。

**凯普莱特夫人:** 维洛那的夏天找不到这样一朵好花。

**乳媪:** 是啊,他是一朵花,真是一朵好花。

**凯普莱特夫人:** 你怎么说?你能不能喜欢这个绅士?今晚在我们家的宴会中,你就可以看见他。从年轻的巴里斯的脸上,你可以读到用秀美的笔写成的迷人的字句；一根根齐整的线条，交织成整个的一幅谐和的图画。要是你想探索这一卷美好的书中的奥秘，在他的眼角上可以找到微妙的诠释。这本珍贵的恋爱的经典，只缺少一帧可以与它相得益彰的封面；正像游鱼需要活水，美妙的内容也少不了美妙的外表陪衬。记载着金科玉律的宝籍，锁合在金漆的封面里，它的辉煌富丽为众目所共见；要是你做了他的封面，那么他所有的一切都属于你所有了。你们就平起平坐了。

**乳媪：** 平起平坐？要比他大，有了男人，女人就变大了。

**凯普莱特夫人：** 简简单单回答我，你能够接受巴里斯的爱吗？

**朱丽叶：** 要是我看见了他以后，能够发生好感，那么我是准备喜欢他的。可是我的眼光的飞箭，倘然没有得到您的允许，是不敢大胆发射出去的呢。

【一仆人上。

**仆人：** 太太，客人都来了，餐席已经摆好了，请您跟小姐快些出去。大家在厨房里埋怨着奶妈，什么都乱成一团糟，我要伺候客人去。请您马上就来。

**凯普莱特夫人：** 我们就来了。朱丽叶，那伯爵在等着哩。

**乳媪：** 去，孩子，快去找天天欢乐、夜夜良宵。（同下）

## 第四场　同前。街道

【罗密欧、迈丘西奥、班伏里奥及五六人或戴假面或持火炬上。

**罗密欧：**怎么！我们就用这一番话作为我们的进身之阶，还是就这么昂然直入，不说一句道歉的话？

**班伏里奥：**这种虚文俗套，现在早就不时兴了。我们用不着蒙着眼睛的丘必特，背着一张花漆的木弓，像个稻草人似的去吓那些娘儿们；也用不着跟着提示的人一句一句念那从书上默诵出来的登场白；凭他们把我们认作什么人，我们只要跳完一回舞，走了就完啦。

**罗密欧：**给我一个火炬，我不高兴跳舞。我的阴沉的心需要光明。

**迈丘西奥：**不，好罗密欧，我们一定要你陪着我们跳舞。

**罗密欧：**我实在不能跳。你们都有轻快的舞鞋；我只有铅一样沉重的灵魂，把我的身体牢牢地钉在地上，使我的脚步不能移动。

**迈丘西奥：**你是一个恋人，你就借丘必特的翅膀，高高飞起来吧。

**罗密欧：**他的羽镞已经穿透我的胸膛，我不能借着他的羽翼高翔；

他束缚住了我整个的灵魂，爱的重担压得我向下坠沉。

**迈丘西奥：** 爱是一件温柔的东西，要是你拖着它一起沉下去，那未免太难为它了。

**罗密欧：** 爱是温柔的吗？它太粗暴、太专横、太野蛮了。它像荆棘一样刺人。

**迈丘西奥：** 要是爱情虐待了你，你也可以虐待爱情。它刺痛了你，你也可以刺痛它。这样你就可以战胜爱情。给我一个面具，让我把我的尊容藏起来。（戴假面）哎哟，好难看的鬼脸！再给我拿一个面具来把它罩住了吧。也罢，就算人家笑我丑，也有这一张鬼脸替我遮羞。

**班伏里奥：** 来，敲门进去。大家一进门，就跳起舞来。

**罗密欧：** 拿一个火炬给我。让那些无忧无虑的公子哥儿们去卖弄他们的舞步吧。莫怪我说句老气横秋的话，我对于这种玩意儿实在敬谢不敏，还是做个壁上旁观的人。

**迈丘西奥：** 胡说！要是你已经没头没脑深陷在恋爱的泥沼里——恕我说这样的话——那么我们一定要拉你出来。来来来，别浪费时光啦！

**罗密欧：** 天色已晚，哪里还有什么光？

**迈丘西奥：** 我的意思是说：我们在浪费时间，这就像白天点灯一样。别曲解我的意思，用心来听比只用耳朵听要清楚得多。

**罗密欧：** 我们去参加他们的舞会，实在没有什么恶意，只怕不是一件很明智的事。

**迈丘西奥：** 为什么？请问。

**罗密欧：** 昨天晚上我做了一个梦。

**迈丘西奥：** 我也做了一个梦。

**罗密欧：** 好，你做了什么梦？

**迈丘西奥：** 我梦见做梦的人老是说谎。

**罗密欧：** 一个人在睡梦里往往可以见到真实的事情。

**迈丘西奥：** 啊！那么一定春梦婆来望过你了。

**班伏里奥：** 春梦婆！她是谁？

**迈丘西奥：** 她是精灵们的稳婆。她的身体只有郡吏手指上一颗玛瑙那么大；几匹蚂蚁大小的细马替她拖着车子，越过酣睡的人们的鼻梁。她的车辐是用蜘蛛的长脚做成的，车篷是蚱蜢的翅膀，挽索是如水的月光，马鞭是蟋蟀的骨头，缰绳是天际的游丝。替她驾车的是一只小小的灰色的蚊虫，它的大小还不及从一个贪懒丫头的指尖上挑出来的懒虫的一半。她的车子是野蚕用一个榛子的空壳替她造成，它们从古以来，就是精灵们的车匠。她每夜驱着这样的车子，穿过情人们的脑中，他们就会在梦里谈情说爱。经过官员们的膝上，他们就会在梦里打躬作揖；经过律师们的手指，他们就会在梦里伸手讨讼费；经过娘儿们的嘴唇，她们就会在梦里跟人家接吻，可是因为春梦婆讨厌她们嘴里吐出来的糖果气息，往往罚她们满嘴长着水泡。有时她会驰过廷臣的鼻子，他就会梦见有了个好差事；有时她从捐献给教会的猪身上拔下它的尾巴来，撩拨着一个牧师的鼻孔，他就会在梦中又领到一份俸禄；有时她绕过一个兵士的颈项，他就会梦见杀敌人的头、进攻、埋伏、锐利的剑锋、淋漓的痛饮，忽然被耳边的鼓声惊醒，咒骂几句，又翻个身睡去了。就是这一个春梦婆在夜里把马鬣打成了辫子，把懒女人的肮脏的乱发烘成一处处胶粘的硬块，倘然把它们梳通了，就要遭逢祸事；就是这个婆子在人家女孩子们仰面睡觉的时候，压在她们的身上，教会她们怎样养儿子；就是她——

**罗密欧：** 得啦，得啦，迈丘西奥，别说啦！你全然在那儿痴人说梦。

**迈丘西奥：** 对了，梦本来是痴人脑中的胡思乱想；它的本质像空气一样稀薄，它的变化莫测，就像一阵风，刚才还在向着冰雪的北方求爱，忽然发起恼来，一转身又到雨露的南方来了。

**班伏里奥：** 你讲起的这一阵风，把我们自己不知吹到哪儿去了。人家晚饭都用过了，我们进去怕要太晚啦。

**罗密欧：** 我怕也许是太早了。我觉得仿佛有一种不可知的命运，将要从我们今天晚上的狂欢开始它的恐怖的统治，我这可憎恨的生命，将要遭遇残酷的夭折而宣告结束。可是，就让支配我的前途的上帝指导我的行动吧！前进，勇敢的朋友们！

**班伏里奥**：来，把鼓擂起来。（全体在舞台上行进，然后站到台的一侧）

## 第五场　同前。凯普莱特家中厅堂

【仆人持餐巾上。

**仆甲**：卜得潘呢？他怎么不来帮忙把这些盆子拿下去？他不愿意搬碟子！他不愿意揩砧板！

**仆乙**：自己没有洗净手，却怪人家不懂规矩，这才糟糕！

**仆甲**：把折凳拿进去，把食器架搬开，留心打碎盆子。好兄弟，留一块杏仁酥给我。谢谢你去叫那管门的让苏珊跟耐儿进来。安东尼！卜得潘！

**安东尼**：噢，兄弟，我在这儿。

**仆甲**：里头在找着你，叫着你，问着你，到处寻着你。

**仆乙**：咱们可不能把一个身子分在两处呀。来，孩儿们，大家出力！

（众仆退后）

【凯普莱特、朱丽叶、提伯尔特、乳媪及家仆自一方上；假面跳舞者等自另一方上，相遇。

**凯普莱特：** 诸位朋友，欢迎欢迎！脚趾上不生茧子的小姐、太太们要跟你们跳一回舞呢。啊哈！我的小姐们，你们中间现在有什么人不愿意跳舞？我可以发誓，谁要是推三阻四的，一定脚上长着老大的茧；果然给我猜中了吗？诸位朋友，欢迎欢迎！我从前也曾经戴过假面，在一个标致姑娘的耳朵旁边讲些使得她心花怒放的话儿；这种时代现在是过去了，过去了，过去了。诸位朋友，欢迎欢迎！来，乐工们，奏起音乐来吧。（音乐起）站开些！站开些！让出地方来。姑娘们，跳起来吧。（跳舞）浑蛋，把灯点亮一点儿，把桌子一起搬掉，把火炉熄了，这屋子里太热啦。啊，好小子！这才玩得有兴。啊！请坐，请坐，好兄弟，我们两人现在是跳不起来的了；你还记得我们最后一次戴着假面跳舞是在什么时候？

**凯普莱特族人：** 这句话说来也有三十年啦。

**凯普莱特：** 什么，兄弟！没有这么久，没有这么久。那是在卢森修结婚那年，大概离开现在有二十五年模样，我们曾经跳过一次。

**族人：** 不止了，不止了；他的儿子还要大一些，大哥，他的儿子也有三十岁啦。

**凯普莱特：** 我难道不知道吗？他的儿子两年以前还没有成年哩。

**罗密欧：** （问一仆人）搀着那位骑士的手的那一位小姐是谁？

**仆人：** 我不知道，先生。

**罗密欧：**　　　啊！火炬远不及她的明亮；

　　　　　　　她皎然照耀在暮天颊上，

　　　　　　　像黑奴耳边璀璨的珠环；

　　　　　　　她是天上明珠降落人间！

　　　　　　　瞧她随着女伴进退周旋，

　　　　　　　像鸦群中一头白鸽翩跹。

　　　　　　　我要等舞阑后追随左右，

　　　　　　　握一握她那纤纤的素手。

　　　　　　　我从前的恋爱是假非真，

　　　　　　　今晚才遇见绝世的佳人！

**提伯尔特：** 听这个人的声音，好像是一个蒙太古家里的人。孩儿，拿我的剑来。哼！这不知死活的奴才，竟敢套着一个鬼脸，到这儿来嘲笑我们的盛会吗？为了保持凯普莱特家族的光荣，我把他杀死了也不算是罪过。

**凯普莱特：** 哎哟，怎么，侄儿！你怎么动起怒来啦？

**提伯尔特：** 伯父，这是我们的仇家蒙太古家里的人；这贼子今天晚上到这儿来，一定不怀好意，存心来捣乱我们的盛会。

**凯普莱特：**他是罗密欧那小子吗？

**提伯尔特：**正是他，正是罗密欧这小杂种。

**凯普莱特：**别生气，好侄儿，让他去吧。瞧他的举动倒也规规矩矩；说句老实话，在维洛那城里，他也算得一个品行很好的青年。我无论如何不愿意在我自己的家里跟他闹事。你还是耐着性子，别理他吧。我的意思就是这样，你要是听我的话，赶快收了怒容，和和气气的，不要打断了大家的兴致。

**提伯尔特：**这样一个贼子也来做我们的宾客，我怎么不生气？我不能容他在这儿放肆。

**凯普莱特：**不容也得容。哼，目无尊长的孩子！我偏要容他。嘿！谁是这里的主人？是你还是我？嘿！你容不得他！什么话！你要当着这些客人的面吵闹吗？你不服气，你要充好汉！

**提伯尔特：**伯父，咱们不能忍受这样的耻辱。

**凯普莱特：**得啦，得啦，你真是一点儿规矩都不懂。——你竟敢如此！你要捣蛋可要吃苦头了，我说话算数。——我知道你一定要跟我闹别扭！好，是该教训教训你了！漂亮！我的好人儿！——你是个放肆的孩子。去，别闹！不然的话——把灯再点亮些！把灯再点亮些！——不害臊的！我要叫你闭嘴。——啊！痛痛快快玩一下，我的好人儿们！

**提伯尔特：**我这满腔怒火偏给他浇下一盆冷水，好教我气得浑身

起了哆嗦。我且退下去；可是今天由他闯进了咱们的屋子，看他不会有一天得意翻成了后悔。（下）

**罗密欧：**（向朱丽叶）要是我这俗手上的尘污

     亵渎了你的神圣的庙宇，

     这两片嘴唇，含羞的信徒，

     愿意用一吻乞求你宥恕。

**朱丽叶：** 信徒，莫把你的手儿侮辱，

     这样才是最虔诚的礼敬。

     神明的手本许信徒接触，

     掌心的密合远胜如亲吻。

**罗密欧：** 生下了嘴唇有什么用处？

**朱丽叶：** 信徒的嘴唇要祷告神明。

**罗密欧：** 那么我要祷求你的允许，

     让手的工作交给了嘴唇。

**朱丽叶：** 你的祷告已蒙神明允准。

**罗密欧：** 神明，请容我把殊恩受领。（吻朱丽叶）

     这一吻涤清了我的罪孽。

**朱丽叶：** 你的罪却沾上我的唇间。

**罗密欧：**啊！责备得多好啊！这一次我要把罪恶收还。（吻朱丽叶）

**朱丽叶：**你连接吻都讲究章法。

乳媪：小姐，你妈要跟你说话。

罗密欧：谁是她的母亲？

乳媪：小官人，她的母亲就是这儿府上的太太，她是个好太太，又聪明，又贤德；我替她抚养她的女儿，就是刚才跟您说话的那个。告诉您吧，谁要是娶了她去，才发财咧。

罗密欧：她是凯普莱特家里的人吗？哎哟！我的生死现在操在我的仇人的手里了！

班伏里奥：走吧，跳舞快要完啦。

罗密欧：是的，我只怕盛筵易散，良会难逢。

凯普莱特：不，列位，请慢点儿去。我们还要请你们稍微用一点儿茶点。（某人在他耳边低语）真的吗？那么谢谢你们；各位朋友，谢谢，谢谢，再会，再会！再拿几个火把来！来，我们去睡吧。（对一位族人）啊，好小子！天真的不早了；我是要去休息一会儿。（除朱丽叶及乳媪外，俱下）

朱丽叶：过来，奶妈。那边的那位绅士是谁？

乳媪：提伯里奥那老头儿的儿子。

朱丽叶：现在跑出去的那个人是谁？

乳媪：嗯，我想他就是那个年轻的比特鲁乔。

朱丽叶：那个跟在人家后面不跳舞的人是谁？

乳媪：我不认识。

**朱丽叶：** 去问他叫什么名字——要是他已经结过婚，那么坟墓便是我的婚床。

**乳媪：** 他的名字叫罗密欧，是蒙太古家里的人，咱们仇家的独子。

**朱丽叶：** 　　　恨灰中燃起了爱火融融，

　　　　　要是不该相识，何必相逢！

　　　　　昨天的仇敌，今日的情人，

　　　　　这场恋爱怕要种下祸根。

**乳媪：** 你在说什么？你在说什么？

**朱丽叶：** 那是刚才一个陪我跳舞的人教给我的几句诗。（内呼"朱丽叶！"）

**乳媪：** 就来，就来！——来，咱们去吧，客人们都已经散了。（同下）

# 开场诗

【致辞者上

旧日的温情已尽付东流,

新生的爱恋正如日初上;

为了朱丽叶的绝世温柔,

忘却了曾为谁魂思梦想。

罗密欧爱着她媚人容貌,

把一片痴心呈献给仇雠;

朱丽叶恋着他风流才调,

甘愿被香饵钓上了金钩。

只恨解不开的世仇宿怨,

这段山海深情向谁申诉?

幽闺中锁住了桃花人面,

要相见除非是梦魂来去。

可是热情总会战胜辛艰,

苦味中间才有无限甘甜。

(下)

# 第二幕

## 第一场　维洛那。凯普莱特花园墙外的小巷

【罗密欧上。

**罗密欧：** 我的心还逗留在这里，我能够就这样掉头离去吗？回去吧，无知的飞蛾，重新扑向光明的火焰。（攀墙跳入内）

【班伏里奥及迈丘西奥上。

**班伏里奥：** 罗密欧！罗密欧兄弟！

**迈丘西奥：** 他是个乖巧的家伙；我说他一定溜回家去睡了。

**班伏里奥：** 他往这条路上跑，跳进这花园的墙里去了。好迈丘西奥，你叫叫他吧。

**迈丘西奥：** 不，我要念咒喊他出来。罗密欧！痴人！疯子！恋人！情郎！快快化作一声叹息出来吧！我不要你多说什么，只要你念一行诗，叹一口气，把咱们那位维纳斯奶奶恭维两句，替她的瞎眼儿子丘必特少爷取个绰号就行啦。这小爱神真是

一位好射手，一箭射过去竟让国王爱上了女叫花子。他没有听见，他没有作声，他没有动静。这猴崽子难道死了吗？待我咒他的鬼魂出来。凭着罗瑟琳的光明的眼睛，凭着她的高额角，她的红嘴唇，她的玲珑的脚，挺直的小腿，弹性的大腿和大腿附近的那一部分，凭着这一切的名义，赶快给我现出真形来吧！

**班伏里奥：** 他要是听见了，一定会生气的。

**迈丘西奥：** 他才不会呢，除非咒得他情妇那圈圈里钻进去一个小怪物，直挺挺地竖在那里，不圈够了不低头。我的咒语光明正大，不过是借他情妇的名义要咒得他立起来罢了。

**班伏里奥：** 来，他已经躲到树丛里，跟那多露水的黑夜做伴去了。爱情本来是盲目的，让他在黑暗里摸索去吧。

**迈丘西奥：** 爱情要是盲目的，就射不中目标啦！现在他要坐在桃树下，盼望心上人变成一只桃子啦。桃子，那正是姑娘们咯咯笑着用来形容那个东西的。啊，罗密欧，罗密欧，但愿你的心上人变成一只裂了口的蜜桃，你变成一根青香蕉。罗密欧，晚安！我要上床睡觉去。这草地上太冷，我可受不了。来，咱们去吧。

**班伏里奥：** 好，去吧，他要避着我们，找他也是白费辛苦。（同下）

## 第二场　同前。凯普莱特家花园

【罗密欧上。

**罗密欧：** 没有受过伤的才会讥笑别人身上的创痕。（朱丽叶自上方出现。她立在窗前）轻声！那边窗子里亮起来的是什么光？那就是东方，朱丽叶就是太阳！起来吧，美丽的太阳！赶走那妒忌的月亮，她因为她的女弟子比她美得多，已经气得面色发白了。既然她这样妒忌着你，你不要皈依她吧；脱下她给你的这一身惨绿色的贞女的道服，它是只配给愚人穿着的。那是我的意中人。啊！那是我的爱。唉，但愿她知道我在爱着她！她欲言又止，可是她的眼睛已经道出了她的心事。待我去回答她吧；不，我不要太鲁莽，她不是对我说话。天上两颗最灿烂的星，因为有事离去，请求她的眼睛替代它们在空中闪耀。要是她的眼睛变成了天上的星，天上的星变成了她的眼睛，那便怎样呢？她脸上的光辉会掩盖了星星的明亮，正像灯光在朝阳下黯然失色一样。在天上的她的眼睛，会在太空中大放光明，使鸟儿们误认为黑夜已经过去而唱出它们

## 第二幕 第二场 同前。凯普莱特家花园

的歌声。瞧！她用纤手托住了脸庞，那姿态是多么美妙！啊，但愿我是那一只手上的手套，好让我亲一亲她脸上的香泽！

**朱丽叶：** 唉！

**罗密欧：** 她说话了。啊！再说下去吧，光明的天使！因为我在这夜色之中仰视着你，就像一个尘世的凡人，张大了出神的眼睛，瞻望着一个生着翅膀的天使，驾着白云缓缓驶过天空一样。

**朱丽叶：** 罗密欧啊，罗密欧！为什么你偏偏是罗密欧呢？否认你的父亲，抛弃你的姓名吧。也许你不愿意这样做，那么只要你宣誓做我的爱人，我也不愿再姓凯普莱特了。

**罗密欧：** （旁白）我是继续听下去呢，还是现在就对她说话？

**朱丽叶：** 只有你的姓名才是我的仇敌。你即使不姓蒙太古，仍然是这样的一个你。姓不姓蒙太古又有什么关系呢？它又不是手，又不是脚，又不是手臂，又不是脸，又不是身体上任何其他的部分。啊！换一个姓名吧！姓名本来是没有意义的。我们叫作玫瑰的这一种花，要是换了个名字，它的香味还是同样芬芳。罗密欧要是换了别的名字，他的可爱的完美也绝不会有丝毫改变。罗密欧，抛弃了你的名字吧；我愿意把我整个的心魂，赔偿你这一个身外的空名。

**罗密欧：** 那么我就听你的话，你只要把我叫作爱，我就有了一个新的名字；从今以后，永远不再叫罗密欧了。

**朱丽叶：**你是什么人，在黑夜里躲躲闪闪地偷听人家说话？

**罗密欧：**我没法告诉你我叫什么名字。敬爱的神明，我痛恨我自己的名字，因为它是你的仇敌；要是把它写在纸上，我一定把这几个字撕得粉碎。

**朱丽叶：**我的耳朵里还没有灌进从你嘴里吐出来的一百个字，可是我认识你的声音；你不就是罗密欧——蒙太古家里的人吗？

**罗密欧：**不是，美人，要是你不喜欢这两个名字。

**朱丽叶：**告诉我，你怎么会到这儿来，为什么到这儿来？花园的墙这么高，不是容易爬得上的；要是我家里的人瞧见你在这儿，他们一定不让你活命。

**罗密欧：**我借着爱的轻翼飞过围墙，因为瓦石的墙垣是不能把爱情阻隔的。爱情的力量所能够做到的事，它都会冒险尝试，所以我不怕你家里人的干涉。

**朱丽叶：**要是他们瞧见了你，一定会把你杀死的。

**罗密欧：**唉！你的眼睛比他们二十柄刀剑还厉害；只要你用温柔的眼光看着我，他们就不能伤害我的身体。

**朱丽叶：**我怎么也不愿让他们瞧见你在这儿。

**罗密欧：**朦胧的夜色可以替我遮过他们的眼睛。只要你爱我，就让他们瞧见我吧；与其因为得不到你的爱情而在这世上挨命，还不如在仇人的刀剑下丧生。

第二幕　第二场　同前。凯普莱特家花园

朱丽叶：谁叫你找到这儿来的？

罗密欧：爱情怂恿我探听出这一个地方；他替我出主意，我借给他眼睛。我不会操舟驾舵，可是倘使你在辽远辽远的海滨，我也会冒着风波把你寻访。

朱丽叶：幸亏黑夜替我罩上了一重面幕，否则为了我刚才被你听去的话，你一定可以看见我脸上羞愧的红晕。我真想遵守礼法，否认已经说过的言语，可是这些虚文俗礼，现在只好一切置之不顾了！你爱我吗？我知道你一定会说"是的"，我也一定会相信你的话；可是也许你起的誓只是一个谎，人家说，对于恋人们的寒盟背信，上苍是一笑置之的。温柔的罗密欧啊！你要是真的爱我，就请你诚意告诉我；你要是嫌我太容易降心相从，我也会堆起怒容，装出倔强的神气，拒绝你的好意，好让你向我婉转求情，否则我是无论如何不会拒绝你的。俊秀的蒙太古啊，我真的太痴心了，所以也许你会觉得我的举动有点儿轻浮；可是相信我，朋友，总有一天你会知道我的忠心远胜过那些善于矜持作态的人。我必须承认，倘不是你趁我不备的时候偷听去了我的真情的表白，我一定会更加矜持一点儿的。所以原谅我吧，是黑夜泄露了我心底的秘密，不要把我的允诺看作了轻狂。

罗密欧：姑娘，凭着这一轮皎洁的月亮，它的银光涂染着这些果树的梢端，我发誓——

朱丽叶：啊！不要指着月亮起誓，它是变化无常的，每个月都有盈亏圆缺；你要是指着它起誓，也许你的爱情也会像它一样无常。

罗密欧：那么我指着什么起誓呢？

朱丽叶：不用起誓吧；或者要是你愿意的话，就凭着你优美的自身起誓，那是我所崇拜的偶像，我一定会相信你的。

罗密欧：要是我的出自深心的爱情——

朱丽叶：好，别起誓啦。我虽然喜欢你，却不喜欢今天晚上的密约；它是太仓促、太轻率、太出人意料了，正像一闪电光，等不及人家开一声口，已经消隐了下去。好人，再会吧！这一朵爱的蓓蕾，靠着夏天的暖风的吹嘘，也许会在我们下次相见的时候，开出鲜艳的花来。晚安，晚安！但愿恬静的安息同样降临到你我两人的心头！

罗密欧：啊！你就这样离我而去，不给我一点儿满足吗？

朱丽叶：你今夜还要什么满足呢？

罗密欧：你还没有把你的爱情的忠实的盟誓跟我交换。

朱丽叶：在你没有要求以前，我已经把我的爱给了你了；可是我很愿意再把它重新收回来。

罗密欧：你要把它收回去吗？为什么呢，爱人！

第二幕　第二场　同前。凯普莱特家花园

朱丽叶：为了表示我的慷慨，我要把它重新给你。可是这样等于希望得到自己拥有的东西：我的慷慨像海一样浩渺，我的爱情也像海一样深沉。我给你的越多，我自己也越是富有，因为这两者都是没有穷尽的。（乳媪在内呼唤）我听见里面有人在叫。亲爱的，再会吧！——就来了，好奶妈！——亲爱的蒙太古，愿你不要负心。再等一会儿，我就会来的。（自上方下）

罗密欧：幸福的，幸福的夜啊！我怕我只是在晚上做了一个梦，这样美满的事不会是真实的。

【朱丽叶自上方重上。

朱丽叶：亲爱的罗密欧，再说三句话，我们真的要再会了。要是你的爱情的确是光明正大，你的目的是在于婚姻，那么明天我会叫一个人到你的地方来，请你叫他带一个信儿给我，告诉我你愿意在什么地方什么时候举行婚礼。我就会把我的整个命运交托给你，把你当作我的主人，跟随你到世界的尽头。

乳媪：（在内）小姐！

朱丽叶：就来——可是你要是没有诚意，那么我请求你——

乳媪：（在内）小姐！

朱丽叶：等一等，我来了。——停止你的求爱，让我一个人独自伤心吧。明天我就叫人来看你。

**罗密欧：** 凭着我的灵魂——

**朱丽叶：** 一千次的晚安！（自上方下）

**罗密欧：** 晚上没有你的光，我只有一千次的心伤！恋爱的人去赴他情人的约会，像一个放学归来的儿童；可是当他和情人分别的时候，却像上学去一般满脸懊丧。（退后）

【朱丽叶自上方重上。

**朱丽叶：** 嘘！罗密欧！嘘！唉！我希望我会发出呼鹰的声音，召这头鹰儿回来。我不能高声说话，否则我要夺取厄科的洞穴，让她的无形的喉咙因为反复叫喊着我的罗密欧的名字而变得嘶哑。罗密欧！

**罗密欧：** 那是我的灵魂在叫喊着我的名字。恋人的声音在晚间多么清婉，听上去就像最柔和的音乐！

**朱丽叶：** 罗密欧！

**罗密欧：** 我的小鸟！

**朱丽叶：** 明天我应该在什么时候叫人来看你？

**罗密欧：** 就在九点钟吧。

**朱丽叶：** 我一定不失信；挨到那个时候，该有二十年那么长久！我记不起为什么要叫你回来。

**罗密欧：** 让我站在这儿，等你记起来告诉我。

**朱丽叶：** 你这样站在我的面前，我一心想着多么爱跟你在一块儿，一定永远记不起来了。

**罗密欧：** 那么我就永远等在这儿，让你永远记不起来，忘记除了这里以外还有什么家。

**朱丽叶：** 天快要亮了，我希望你快去；可是我就好比一个被惯坏的女孩子，像放松一个囚犯似的让她心爱的鸟儿暂时跳出她的掌心，又用一根丝线把它拉了回来，爱的私心使她不愿意给它自由。

**罗密欧：** 我但愿我是你的鸟儿。

**朱丽叶：** 好人，我也但愿这样；可是我怕你会死在我的过分的爱抚里。晚安！晚安！离别是这样甜蜜的凄清，我真要向你道晚安直到天明！（自上方下）

**罗密欧：** 　　　但愿睡眠合上你的眼睛！

　　　　　　　但愿平和安息我的心灵！

　　　　　　　我如今要去向神父求教，

　　　　　　　把今宵的艳遇诉他知晓。

（下）

## 第三场　同前　劳伦斯神父的寺院

【劳伦斯神父携篮上。

劳伦斯：　　　　黎明笑向着含愠的残宵，

　　　　　　　金鳞浮上了东方的天梢，

　　　　　　　看赤轮驱走了片片乌云，

　　　　　　　像一群醉汉向四处狼奔。

　　　　　　　趁太阳还没有睁开火眼，

　　　　　　　晒干深夜里的涔涔露点，

　　　　　　　我待要采摘下满篦盈筐，

　　　　　　　毒草灵葩充实我的青囊。

　　　　　　　大地是生化万类的慈母，

　　　　　　　她又是掩藏群生的坟墓，

　　　　　　　试看她无所不载的胸怀，

　　　　　　　乳哺着多少的姹女婴孩！

　　　　　　　天生下的万物没有弃掷，

　　　　　　　什么都有它各自的特色，

## 第二幕 第三场 同前 劳伦斯神父的寺院

　　石块的冥顽，草木的无知，

　　　都含着玄妙的造化生机。

　　　莫看那蠢蠢的恶木莠蔓，

　　　对世间都有它特殊贡献；

　　　即使最纯良的美谷嘉禾，

　　　用得失当也会害性戕躯。

　　　美德的误用会变成罪过，

　　　罪恶有时反会造成善果。

　　　这一朵有毒的弱蕊纤苞，

　　　也会把淹煎的痼疾医疗；

　　　它的香味可以祛除百病，

　　　吃下腹中却会昏迷不醒。

　　　草木和人心并没有不同，

　　　各自有善意和恶念争雄；

　　　恶的势力倘然占了上风，

　　　死便会蛀蚀进它的心中。

【罗密欧上。

**罗密欧：** 早安，神父。

**劳伦斯：** 上帝祝福你！是谁的温柔的声音这么早就在叫我？孩子，你一早起身，一定有什么心事。老年人因为多忧多虑，往往容易失眠，可是身心壮健的青年，一上床就应该酣然入睡；所以你的早起，倘不是因为有什么烦恼，一定是昨夜没有睡觉。

**罗密欧：** 你的第二个猜测是对的；我昨夜享受到比睡眠更甜蜜的安息。

**劳伦斯：** 上帝饶恕我们的罪恶！你是跟罗瑟琳在一起吗？

**罗密欧：** 跟罗瑟琳在一起，我的神父？不，我已经忘记那个名字和那名字带来的烦恼。

**劳伦斯：** 那才是我的好孩子。可是你究竟在什么地方呢？

**罗密欧：** 我愿意在你没有问我第二遍以前告诉你。昨天晚上我跟我的仇敌在一起参加宴会，突然有一个人伤害了我，同时她也被我伤害了；只有你的帮助和你的圣药，才会医治我们两人的重伤。神父，我并不怨恨我的敌人，因为瞧，我来向你请求的事，不单为了我自己，也同样为了她。

**劳伦斯：** 好孩子，说明白一点儿，把你的意思老老实实告诉我，别打哑谜了。

**罗密欧：** 那么老实告诉你吧，我心底的一往情深，已经完全倾注在凯普莱特的美丽的女儿身上了。她也是同样爱着我；一切都完全定当了，只要你肯替我们主持神圣的婚礼。我们在什么时候遇见，在什么地方求爱，怎样彼此交换着盟誓，这一切我都可以慢慢儿告诉你；可是无论如何，请你一定答应就在今天替我们主婚。

**劳伦斯：** 圣方济各啊！多么快的变化！难道你所深爱着的罗瑟琳，就这样一下子被你抛弃了吗？这样看来，年轻人的爱情都是见异思迁，不是发于真心的。耶稣，马利亚！你为了罗瑟琳的缘故，曾经用多少的眼泪洗过你消瘦的脸庞！为了替无味的爱情添加一点儿辛酸的味道，曾经浪费掉多少的咸水！太阳还没有扫清你吐向苍穹的怨气，我这龙钟的耳朵里还留着你往日的呻吟。瞧！就在你自己的颊上，还剩着一丝不曾揩去的旧时的泪痕。要是你不曾变了一个人，这些悲哀都是你真实的情感，那么你是罗瑟琳的，这些悲哀也是为罗瑟琳而发；难道你现在已经变心了吗？男人既然这样没有恒心，那就莫怪女人家水性杨花了。

**罗密欧：** 你常常因为我爱罗瑟琳而责备我。

**劳伦斯：** 我的学生，我不是说你不该恋爱，我只叫你不要因为恋爱而发痴。

**罗密欧：** 你又叫我把爱情埋葬在坟墓里。

**劳伦斯：** 我没有叫你把旧的爱情埋葬了，再去另找新欢。

**罗密欧：** 请你不要责备我；我现在所爱的她，跟我心心相印，不像前回那个一样。

**劳伦斯：** 啊，罗瑟琳知道你对她的爱情完全抄着人云亦云的老调，你还没有读过恋爱入门的一课哩。可是来吧,朝三暮四的青年,跟我来;为了一个理由,我愿意帮助你一臂之力:因为你们的结合也许会使你们两家释嫌修好,那就是天大的幸事了。

**罗密欧:** 啊!我们就去吧,我巴不得越快越好。

**劳伦斯:** 凡事三思而行,跑得太快是会滑倒的。(同下)

## 第四场 同前。街道

【班伏里奥及迈丘西奥上。

**迈丘西奥:** 见鬼的,这罗密欧究竟到哪儿去了?他昨天晚上没有回家吗?

**班伏里奥:** 没有,我问过他的仆人了。

**迈丘西奥:** 哎哟!那个白面孔狠心肠的女人,那个罗瑟琳,把他虐待得一定要发疯了。

**班伏里奥:** 提伯尔特,凯普莱特那老头子的亲戚,有一封信送在他父亲那里。

**迈丘西奥:** 一定是一封挑战书。

**班伏里奥：** 罗密欧一定会给他一个答复。

**迈丘西奥：** 只要会写几个字，谁都会写一封复信。

**班伏里奥：** 不，我说他一定会接受他的挑战。

**迈丘西奥：** 唉！可怜的罗密欧！他已经死了，一个白女人的黑眼睛戳破了他的心；一支恋歌穿过了他的耳朵；瞎眼的丘必特的箭把他当胸射中；他现在还能够抵得住提伯尔特吗？

**班伏里奥：** 提伯尔特是个什么人？

**迈丘西奥：** 我可以告诉你，他不是个平常的阿猫阿狗。啊！他是个礼数周到的人。他跟人打起架来，就像照着乐谱唱歌一样，一板一眼都不放松，一秒钟的停顿，然后一、二、三，刺进人家的胸膛。他全然是个穿礼服的屠夫，一个决斗专家、名门贵胄、击剑能手。啊！那了不得的侧击！那反击！那直中要害的一剑！

**班伏里奥：** 那什么？

**迈丘西奥：** 让这帮拿腔拿调、扭扭捏捏的家伙见鬼去吧！这帮怪声怪气的家伙！什么"耶稣在上，好一把利刃！好一条彪形大汉！好一个风流婊子！"我说老爷子，遇上这么一群满嘴法国话的绿头蝇咱们算是倒了八辈子大霉，这帮时髦家伙，赶新潮赶得连旧板凳都坐不住了——"哎哟！我的屁股！哎哟！我的屁股！"

【罗密欧上。

**班伏里奥：**罗密欧来了，罗密欧来了。

**迈丘西奥：**瞧他孤零零的神气，倒像一条风干的咸鱼。啊呀！你这一身腱子肉怎么就变成了干咸鱼！现在他又要念起彼特拉克的诗句来了。罗拉比起他的情人来不过是个灶下的丫头，虽然她有一个会作诗的爱人；狄多是个蓬头垢面的村妇；克莉奥佩屈拉是个吉卜赛姑娘；海伦、希罗都是下流的娼妓；提斯柏也许有一双美丽的灰色眼睛，可是也不配相提并论。罗密欧先生，向你的法国裤子致以法国式的敬礼！昨天晚上你跟我们开了一个多大的玩笑啊。

**罗密欧：**二位大哥早上好！昨晚我开了什么玩笑？

**迈丘西奥：**你昨天晚上逃走得好，你还不明白吗？

**罗密欧：**原谅原谅，迈丘西奥，当时情况实在紧急，只好不顾礼节了。

**迈丘西奥：**就是说，那种情况下你只好弯弯腿了。

**罗密欧：**你是说赔个礼。

**迈丘西奥：**猜得可真够规矩的。

**罗密欧：**猜得可真够彬彬有礼的。

**迈丘西奥：**我是百里挑一的文明礼貌之花，知道不？

**罗密欧：**挑出来的花？

**迈丘西奥：**正是。

**罗密欧：**那你看我脚下舞鞋上的花不也是挑出来的?

**迈丘西奥：**回答得漂亮。那就劳你陪我把这玩笑开下去,直到把你那双鞋子的底儿磨穿,那时候你的笑话就没底儿没帮儿,成了光秃秃一个傻蛋。

**罗密欧：**啊,光秃秃的笑话;我的笑话成了秃头,你这说笑话的也就该成不折不扣的傻瓜蛋了。

**迈丘西奥：**好班伏里奥,快来帮一把,我的脑袋没他的快。

**罗密欧：**那就再加上几鞭,要不我就宣告获胜了。

**迈丘西奥：**比机灵要是像赛马,领先的那匹爱怎么撒野就怎么撒,落在后边的只有死命追赶,那么我确实就输定了。因为要论撒野,我就是再长四个脑袋也比不上你这只一个脑袋的野鹅。怎么样,这下压你一头了吧。

**罗密欧：**除了找母鹅这一桩,你什么事也压不了我。

**迈丘西奥：**冲你这句话,我真恨不得咬你一口。

**罗密欧：**好鹅,千万咬不得。

**迈丘西奥：**你刚才的笑话像是辛辣的调味汁。

**罗密欧：**浇在烤鹅的头上不是正好?

**迈丘西奥：**咱们的笑话像是牛皮糖,越拉越长。

**罗密欧：**你这说笑话的就像野鹅,越撑越胖。

**迈丘西奥：**你看看，这不比哼哼唧唧谈恋爱强？现在你合群了，无论禀性还是修养都是真正的罗密欧了。告诉你，恋爱是一个痴呆儿，伸着舌头流着口水，东跑西颠，四处找洞儿塞他那根棍子。

**班伏里奥：**行了，行了，到此为止。

**迈丘西奥：**你要我克制本性，在这节骨眼儿上打住？

**班伏里奥：**再说下去，你就越来越粗。

**迈丘西奥：**这一回你弄错了，我这话已经戳到了底，正想往回缩呢，不准备瞎耽误了。

**罗密欧：**瞧，好戏要开场啦！

【乳媪及仆人彼得上。

**罗密欧：**一条帆船，一条帆船！

**迈丘西奥：**两条，是两条，一公一母。

**乳媪：**彼得！

**彼得：**有！

**乳媪：**彼得，我的扇子。

**迈丘西奥：**好彼得，替她把脸遮了；因为她的扇子比她的脸好看一点儿。

**乳媪：**早安，列位先生。

**迈丘西奥：**晚安，好太太。

**乳媪：** 是道晚安的时候了吗？

**迈丘西奥：** 没错，日晷上的指针正顶着中午那一点呢。

**乳媪：** 去你的，你是什么人！

**罗密欧：** 好太太，上帝造了他，可他却不知自重。

**乳媪：** 他说"不知自重"，多会说话啊。列位先生，你们有谁能告诉我，在哪儿能找着年轻的罗密欧？

**罗密欧：** 这我可以告诉你，只怕是等你找着他时，罗密欧可就要老了点儿了。天下同名同姓的人多着呢，你要是在同名人里找不着一个更坏的，我倒是那个最年轻的。

**乳媪：** 说得多好啊。

**迈丘西奥：** 哼，最坏的也好？不错不错，有道理，有道理。

**乳媪：** 先生，您要就是他，我要跟您说句悄悄话儿。

**班伏里奥：** 她要拉他吃晚饭去。

**迈丘西奥：** 一个拉皮条的，拉皮条的！来啦，来啦！

**罗密欧：** 来什么啦？

**迈丘西奥：** 没来嫩的，来了个老的，守斋馅儿饼里做馅儿用的老鸡，走味了，长霉了，可难咽啦。（绕众人唱）

　　好一只秃头老母鸡，

　　好一只秃头老母鸡，

57

饿急了解馋过得去。

要是一只老野鸡，

脱光了羽毛可没法骑。

**迈丘西奥：** 罗密欧，你到不到你父亲那儿去？我们要在那边吃饭。

**罗密欧：** 我就来。

**迈丘西奥：** 再见，老太太。（唱）再见，我的好姑娘！（迈丘西奥、班伏里奥下）

**乳媪：** 好，再见！先生，这个满嘴胡说八道的放肆的家伙是什么人？

**罗密欧：** 奶妈，这位先生最喜欢听他自己讲话。他在一分钟里所说的话，比他在一个月里听人家讲的话还多。

**乳媪：** 要是他对我说了一句不客气的话，尽管他力气再大一点儿，我也要给他一顿教训；这种家伙二十个我都对付得了，要是对付不了，我会叫那些对付得了他们的人来。混账东西！他把老娘看作什么人啦？我不是那些烂污婊子，由得他随便取笑的。（向彼得）你也是个好东西，看着人家把我欺侮，站在旁边一动也不动！

**彼得：** 我没有看见什么人欺侮你；要是我看见了，一定会立刻拔出刀子来的。碰到吵架的事，只要理直气壮，打起官司来不怕人家，我是从来不肯落在人家后头的。

## 第二幕  第四场  同前。街道

乳媪：哎哟！真把我气得浑身发抖。混账的东西！对不起，先生，让我跟您说句话儿。我刚才说过的，我家小姐叫我来找您；她叫我说些什么话我可不能告诉您；可是我要先明白对您说一句，要是正像人家说的，您想骗她做一场春梦，那可真是人家说的一件顶坏的行为；因为这位姑娘年纪还小，所以您要是欺骗了她，实在是一桩对无论哪一位好人家的姑娘都是对不起的事情，而且也是一桩顶不应该的举动。

罗密欧：奶妈，请你替我向你家小姐致意。我可以对你发誓——

乳媪：很好，我就这样告诉她。主啊！主啊！她听见了一定会非常欢喜的。

罗密欧：奶妈，你去告诉她什么话呢？你没有听我说呀。

乳媪：我就对她说您发过誓了，那可以证明您是一位正人君子。

罗密欧：你请她今天下午想个法子出来到劳伦斯神父的寺院里忏悔，就在那个地方举行婚礼。这几个钱是给你的酬劳。

乳媪：不，真的，先生，我一个钱也不要。

罗密欧：别客气了，你还是拿着吧。

乳媪：今天下午吗，先生？好，她一定会去的。

罗密欧：好奶妈，请你在这寺墙后面等一等，就在这一点钟之内，我要叫我的仆人去拿一捆扎得像船上的软梯一样的绳子来给你带去。在秘密的夜里，我要凭着它攀登我的幸福的尖端。

再会！愿你对我们忠心，我一定不会有负你的辛劳。再会！替我向你的小姐致意。

**乳媪：** 天上的上帝保佑您！先生，我对您说。

**罗密欧：** 你有什么话说，我的好奶妈？

**乳媪：** 您那仆人可靠得住吗？您没听过老古话说，两个人知道是秘密，三个人知道就不是秘密吗？

**罗密欧：** 你放心吧，我的仆人是再可靠不过的。

**乳媪：** 好先生，我那小姐是个最可爱的姑娘——主啊！主啊！——那时候她还是个咿咿呀呀怪会说话的小东西——啊！本地有一位叫作巴里斯的贵人，他巴不得把我家小姐抢到手里。可是她，好人儿，瞧他比瞧一只蛤蟆还讨厌。我有时候对她说巴里斯人品不错，你才不知道哩。她一听见这样的话，就会气得面如土色。请问婚礼用的罗丝玛丽花和罗密欧是不是同一个字开头的呀？

**罗密欧：** 是呀，奶妈。怎么啦？都是罗字开头的。

**乳媪：** 啊，别逗啦！那是狗的名字啊。罗就是那个——不对。我知道一定是另外一个字起头的。她还把你和罗丝玛丽花连在一块儿，还有什么诗，我念都念不来，反正你听了一定欢喜。

**罗密欧：** 替我向你小姐致意。

**乳媪：** 一定一定。（罗密欧下）彼得！

**彼得：** 有！

**乳媪：** （将手中扇子交给他）给我带路，快些走。（同下）

## 第五场　同前。凯普莱特家花园

【朱丽叶上。

**朱丽叶：** 我在九点钟差奶妈去，她答应在半小时以内回来。也许她碰不见他；那是不会的。啊！她的脚走起路来不大方便。恋爱的使者应当是思想，因为它比驱散山坡上的阴影的太阳光还要快过十倍；所以维纳斯的云车是用白鸽驾驶的，所以凌风而飞的丘必特生着翅膀。现在太阳已经升上中天，从九点钟到十二点钟是三个长长的钟点，可是她还没有回来。要是她是个有感情、有温暖的青春血液的人，她的行动一定会像球儿一样敏捷，我用一句话就可以把她抛到我的心爱的情人那里，他也可以用一句话把她抛回到我这里；可是老年纪的人，大多像死人一般，手脚滞钝，呼唤不灵，慢吞吞地没有一点儿精神。

【乳媪及彼得上。】

朱丽叶：啊，上帝！她来了。啊，好心肝奶妈！什么消息？你碰到了他吗？叫那个人出去。

乳媪：彼得到门口去等着。（彼得下）

朱丽叶：亲爱的好奶妈——哎呀！你怎么一脸的懊恼？即使是坏消息，你也应该装着笑容说；如果是好消息，你就不该用这副难看的脸色奏出美妙的音乐来。

乳媪：我累死了，让我歇一会儿吧。哎呀，我的骨头好痛！我赶了多少的路！

朱丽叶：我但愿把我的骨头给你，你的消息给我。求求你，快说呀，好奶妈，说呀。

乳媪：耶稣哪！你忙着什么？你不能等一下子吗？你不见我气都喘不过来吗？

朱丽叶：你既然气都喘不过来，那么你怎么会告诉我说你气都喘不过来？你费了这么久的时间推三阻四的，要是干脆告诉了我，还不是几句话就完了。我只要你回答我，你的消息是好的还是坏的？只要先回答我一个字，详细的话儿慢慢再说好了。快让我知道了吧，是好消息还是坏消息？

乳媪：好，你是个傻孩子，选中了这么一个人。你不知道怎样选一个男人。罗密欧！不，他不行，虽然他的脸长得比人家漂亮一点儿，可是他的腿才长得有样子；讲到他的手、他的脚、他的身体，虽然这种话是不大好出口，可是的确谁也比不上他。他不是顶懂得礼貌，可是温柔得就像一头羔羊。好，看你的运气吧，姑娘，好好敬奉上帝。怎么，你在家里吃过饭了吗？

朱丽叶：没有，没有。你这些话我都早就知道了。他对于结婚的事情怎么说？

乳媪：主啊！我的头痛死了！我害了多厉害的头痛！痛得好像要裂成二十块似的。还有我那一边的背痛，哎哟，我的背！我的背！你的心肠真好，叫我到外边东奔西走去寻死。

朱丽叶：害你这样不舒服，我真是说不出的抱歉。亲爱的，亲爱的，亲爱的奶妈，告诉我，我的爱人说些什么话？

乳媪：你的爱人说——他说得很像个老老实实的绅士，很有礼貌，很和气，很漂亮，而且也很规矩——你的妈呢？

朱丽叶：我的妈！她就在里面，她还会在什么地方？你回答得多么古怪："你的爱人说，他说得很像个老老实实的绅士，你的妈呢？"

乳媪：哎哟，圣母娘娘！你这样性急吗？哼！反了反了，这就是你瞧着我筋骨酸痛而替我涂上的药膏吗？以后还是你自己去送信儿吧。

**朱丽叶：** 别缠下去啦！快些，罗密欧怎么说？

**乳媪：** 你已经得到准许今天去忏悔吗？

**朱丽叶：** 我已经得到了。

**乳媪：** 那么你快到劳伦斯神父的寺院里去，有一个丈夫在那边等着你去做他的妻子。现在你的脸红起来啦。你到教堂里去吧，我还要到别处去搬一张梯子来，等到天黑的时候，你的爱人就可以凭着它爬进鸟窠里。我就是这个劳碌命；为了你的快乐累坏了自己。好啦，今天晚上你也要负起一个重担来啦。去吧，我还没有吃过饭呢。

**朱丽叶：** 我要找寻我的幸运去！好奶妈，再会。（各下）


## 第六场　同前。劳伦斯神父的寺院

【劳伦斯神父及罗密欧上。

**劳伦斯：** 愿上天祝福这神圣的结合，不要让日后的懊恨把我们谴责！

**罗密欧：** 阿门，阿门！可是无论将来会发生什么悲哀的后果，都

第二幕　第六场　同前。劳伦斯神父的寺院

抵不过我在看见她这短短一分钟内的欢乐。不管侵蚀爱情的死亡怎样伸展它的魔手，只要你用神圣的言语把我们的灵魂结为一体，让我能够称她一声我的人，我也就不再有什么遗恨了。

**劳伦斯：** 这种狂暴的快乐将会产生狂暴的结局，正像火和火药的亲吻，就在最得意的一刹那烟消云散。最甜的蜜糖可以使味觉麻木。不太热烈的爱情才会维持久远。太快和太慢，结果都不会圆满。

【朱丽叶上。

**劳伦斯：** 这位小姐来了。啊！这样轻盈的脚步，是永远不会踩破神龛前的砖石的。一个恋爱中的人，可以踏在随风飘荡的蛛网上而不会跌下，幻妄的幸福使他灵魂飘然轻举。

**朱丽叶：** 晚安，神父。

**罗密欧：** 啊，朱丽叶！要是你感觉到像我一样多的快乐，要是你的灵唇慧舌能够宣述你心中的快乐，那么让空气中满布着从你嘴里吐出来的芳香，用无比的妙药，把这一次会晤中我们两人给予彼此的无限欢欣倾吐出来吧。

**朱丽叶：** 充实的思想不在于语言的富丽；只有乞儿才能够计数他的家私。真诚的爱情充溢在我的心里，我无法估计自己享有的财富。

**劳伦斯：**来，跟我来，我们要把这件事情早点儿办好；因为在神圣的教会没有把你们两人结合以前，你们两人是不能在一起的。（同下）

# 第三幕

## 第一场　维洛那。广场

【迈丘西奥、班伏里奥、侍童及若干仆人上。

**班伏里奥：** 好迈丘西奥，咱们还是回去吧。天这么热，凯普莱特家里的人满街都是，要是碰到了他们，又免不了一场吵架；因为在这种热的天气，一个人的脾气最容易暴躁起来。

**迈丘西奥：** 你就像这么一种家伙，他们跑进了酒店的门，把剑在桌子上一放，说："上帝保佑我不要用到你！"等到两杯喝罢，他就无缘无故拿起剑来跟酒保吵架。

**班伏里奥：** 我难道是这样一种人吗？

**迈丘西奥：** 得啦得啦，你的坏脾气比得上意大利任何哪一个人；动不动就要生气，一生气就要乱动。

**班伏里奥：** 再以后怎样呢？

**迈丘西奥：** 哼！要是有两个像你这样的人碰在一起，结果总会一个不剩,因为大家都要把对方杀死了方肯罢休。你!嘿,你会因为比人家多一根或是少一根胡须就跟人家吵架。瞧见人家咬栗子,你也会跟他闹翻,你的理由只是因为你有一双栗色的眼睛。除了生着这样一双眼睛的人以外,谁还会像这样吹毛求疵地去跟人家寻事?你的脑袋里装满了惹是招非的念头,正像鸡蛋里装满了蛋黄蛋白,虽然为了惹是招非的缘故,你的脑袋曾经给人打得像个坏蛋一样。你曾经为了有人在街上咳了一声而跟他吵架,因为他咳醒了你那条在太阳底下睡觉的狗。不是有一次你因为看见一个裁缝在复活节以前穿起他的新背心来,所以跟他大闹吗?不是还有一次因为他用旧带子系他的新鞋子,所以又跟他大闹吗?现在你却要叫我不要跟人家吵架!

**班伏里奥:** 要是我像你一样爱吵架,不消一时半刻,我的性命早就卖给人家了。——拿头颅保证!凯普莱特家里的人来了。

**迈丘西奥:** 拿脚跟保证,我才不在乎呢!

【提伯尔特及余人等上。

**提伯尔特:** 你们跟着我不要走开,等我去向他们说话。两位晚安!我要跟你们中间随便哪一位说句话儿。

**迈丘西奥:** 您只要跟我们两人中间的一个人讲一句话吗?那未免太不成意思了。要是您愿意在一句话以外再跟我们较量一两手,那我们倒愿意奉陪。

**提伯尔特:** 只要您给我一个理由,您就会知道我也不是个怕事的人。

**迈丘西奥:** 您不会自己想出一个什么理由来吗?

**提伯尔特:** 迈丘西奥,你陪着罗密欧到处乱闯——

**迈丘西奥:** 到处拉唱!怎么!你把我们当作一群沿街卖唱的人吗?你要是把我们当作沿街卖唱的人,那么我们倒要请你听一点儿不大好听的声音。这就是我的胡琴上的拉弓,拉一拉就要叫你跳起舞来。他妈的!到处拉唱!

**班伏里奥:** 这儿来往的人太多,讲话不大方便,最好还是找个清静一点儿的地方去谈谈;要不然大家别闹意气,有什么过不去的事平心静气理论理论;否则各走各的路,也就完了,别让这么多人的眼睛瞧着我们。

**迈丘西奥:** 人们生着眼睛总要瞧,让他们瞧去好了;我可不能为着别人的高兴离开这地方。

【罗密欧上。

**提伯尔特:** 好,我的人来了,我不跟你吵。

**迈丘西奥:** 他又不吃你的饭不穿你的衣服,怎么是你的人?可是他虽然不是你的跟班,要是你拔脚逃起来,他倒一定会紧紧跟住你的。

**提伯尔特:** 罗密欧,我对你的仇恨,使我只能用一个名字称呼你——

你是一个恶贼！

**罗密欧：** 提伯尔特，我跟你无冤无恨，你这样无端挑衅，本来我是不能容忍的，可是因为我有必须爱你的理由，所以也不愿跟你计较了。我不是恶贼。再见，我看你还不知道我是个什么人。

**提伯尔特：** 小子，你冒犯了我，现在可不能用这种花言巧语掩饰过去。赶快回过身子，拔出剑来吧。

**罗密欧：** 我可以郑重声明，我从来没有冒犯过你，而且你想不到我是怎样爱你，除非你知道了我所以爱你的理由。所以，好凯普莱特——我尊重这一个姓氏，就像尊重我自己的姓氏一样——咱们还是讲和了吧。

**迈丘西奥：** 哼，好丢脸的屈服！只有武力才可以洗去这种耻辱。（拔剑）提伯尔特，你这捉耗子的猫儿，你愿意跟我决斗吗？

**提伯尔特：** 你要我跟你干吗？

**迈丘西奥：** 好猫儿精，听说你有九条性命，我只要取你一条命，留下那另外八条，等以后再跟你算账。快快拔出你的剑来，否则莫怪无情，我的剑就要临到你的耳朵边了。

**提伯尔特：**（拔剑）好，我愿意奉陪。

**罗密欧：** 好迈丘西奥，收起你的剑。

**迈丘西奥：** 来，来，来，我倒要领教领教你的剑法。（二人互斗）

第三幕 第一场 维洛那。广场

**罗密欧：** 班伏里奥，拔出剑来，把他们的武器打下来。两位老兄，这算什么？快别闹啦！提伯尔特，迈丘西奥，亲王已经明令禁止在维洛那的街道上斗殴。（罗密欧置身两人中间）住手，提伯尔特！好迈丘西奥！（提伯尔特从罗密欧臂下刺中迈丘西奥。提伯尔特及其仆从下）

**迈丘西奥：** 我受伤了。你们这两户该死的人家！我已经完啦。他不带一点儿伤就去了吗？

**班伏里奥：** 啊！你受伤了吗？

**迈丘西奥：** 嗯，嗯，擦破了一点儿，不过这就足够了。我的童儿呢？狗才，快去找个外科医生来。（侍童下）

**罗密欧：** 放心吧，老兄，这伤口不会十分厉害的。

**迈丘西奥：** 是的，它没有一口井那么深，也没有一扇门那么阔，可是这一点点伤也就够要命了；要是你明天找我，就到坟墓里来看我吧。我这一生是完了。你们这两户该死的人家！他妈的！狗、耗子、猫儿，都会咬死人！这个说大话的家伙，这个混账东西，打起架来也要按照着数学的公式！谁叫你把身子插了进来？都是你把我拉住了我才中了剑。

**罗密欧：** 我完全是出于好意。

**迈丘西奥：** 班伏里奥，快把我扶进什么屋子里去，不然我就要晕过去了。你们这两户该死的人家！我已经死在你们手里了。——

71

你们这两户人家！（迈丘西奥、班伏里奥同下）

**罗密欧**：他是亲王的近亲，也是我的好友；如今他为了我的缘故受到了致命的重伤。提伯尔特杀死了我的朋友，又毁谤了我的名誉，虽然他在一小时以前还是我的亲人。亲爱的朱丽叶啊！你的美丽使我变得懦弱，磨钝了我的勇气的锋刃！

【班伏里奥重上。

**班伏里奥**：啊，罗密欧，罗密欧！勇敢的迈丘西奥死了！他已经撒手离开尘世，他的英魂已经升上天庭了！

**罗密欧**：今天这一场意外的变故，怕要引起日后的灾祸。

【提伯尔特重上。

**班伏里奥**：暴怒的提伯尔特又来了。

**罗密欧**：迈丘西奥死了，他却耀武扬威活在人世！现在我只好抛弃了一切顾忌，不怕伤了亲戚的情分，让眼睛里喷出火焰的愤怒支配着我的行动了！提伯尔特，你刚才骂我恶贼，我要你把这两个字收回去；迈丘西奥的阴魂就在我们头上，他在等着你去跟他做伴；我们两个人中间必须有一个人去陪陪他，要不然就是两人一起死。

**提伯尔特**：你这该死的小子，你生前跟他做朋友，死后也去陪着他吧！

**罗密欧**：这柄剑可以替我们决定谁死谁生。（二人互斗；提伯尔

特倒下）

**班伏里奥：** 罗密欧，快走！市民们都已经被这场争吵惊动了，提伯尔特又死在这儿。别站着发怔，要是你给他们捉住了，亲王就要判你死刑。快去吧！快去吧！

**罗密欧：** 唉！我是受命运玩弄的人。

**班伏里奥：** 你为什么还不走？（罗密欧下）

【市民等上。

**市民甲：** 杀死迈丘西奥的那个人逃到哪儿去了？那凶手提伯尔特逃到什么地方去了？

**班伏里奥：** 躺在那边的就是提伯尔特。

**市民甲：** 先生，请你跟我去。我用亲王的名义命令你服从。

【亲王、蒙太古夫妇、凯普莱特夫妇及余人等上。

**亲王：** 这一场争吵的肇祸的罪魁在什么地方？

**班伏里奥：** 啊，尊贵的亲王！我可以把这场流血的争吵的不幸的经过向您从头告禀。躺在那边的那个人，就是把您的亲戚，勇敢的迈丘西奥杀死的人，他现在已经被年轻的罗密欧杀死了。

**凯普莱特夫人：** 提伯尔特，我的侄儿！啊，我的哥哥的孩子！亲王啊！侄儿啊！丈夫啊！哎哟！我的亲爱的侄儿给人杀死了！殿下，您是正直无私的，我们家里流的血，应当用蒙太古家里流的血来报偿。哎哟，侄儿啊！侄儿啊！

**亲王：** 班伏里奥，谁开始这一场流血争斗的？

**班伏里奥：** 死在这儿的提伯尔特，他是被罗密欧杀死的。罗密欧很诚恳地劝告他，叫他想一想这种争吵多么没意思，并且也提起您的森严的禁令。他用温和的语调、谦恭的态度，赔着笑脸向他反复劝解，可是提伯尔特充耳不闻，一味逞着他的骄强，拔出剑来就向勇敢的迈丘西奥胸前刺了过去；迈丘西奥也动了怒气，就和他两下交锋起来，自恃着本领高强，满不在乎地一手挡开了敌人致命的剑锋，一手向提伯尔特还刺过去，提伯尔特眼明手快，也把它挡开了。那个时候罗密欧就高声喊叫："住手，朋友；两下分开！"说时迟，来时快，他的敏捷的腕臂已经打下了他们的利剑，他就插身在他们两人中间；谁料提伯尔特怀着毒心，冷不防打罗密欧的手臂下面刺了一剑过去，竟中了迈丘西奥的要害，于是他就逃走了。等了一会儿他又回来找罗密欧，罗密欧这时候正是满腔怒火，就像闪电似的跟他打起来，我还来不及拔剑阻止他们，勇猛的提伯尔特已经中剑而死，罗密欧见他倒在地上，也就转身逃走了。我所说的句句都是真话，倘有虚言，愿受死刑。

**凯普莱特夫人：** 他是蒙太古家的亲戚，他说的话都是徇着私情，完全是假的。他们一共有二十来个人参加这场残酷的斗争，二十个人合力谋害一个人的生命。殿下，我要请您主持公道，罗密欧杀死了提伯尔特，罗密欧必须抵命。

**亲王：** 罗密欧杀了他，他杀了迈丘西奥；迈丘西奥的生命应当由谁抵偿？

**蒙太古：** 殿下，罗密欧不应该偿他的命；他是迈丘西奥的朋友，他的过失不过是执行了提伯尔特依法应处的死刑。

**亲王：** 为了这一个过失，我现在宣布把他立刻放逐出境。你们双方的憎恨已经牵涉到我的身上，在你们残暴的争斗中，已经流下了我的亲人的血；可是我要给你们一个重重的惩罚，儆诫儆诫你们的将来。我不要听任何的请求辩护，哭泣和祈祷都不能使我枉法徇情，所以不用想什么挽回的办法，赶快把罗密欧遣送出境吧；不然的话，他在什么时候被我们发现，就在什么时候把他处死。把这尸体扛去，不许违抗我的命令；对杀人的凶手不能讲慈悲，否则就是鼓励杀人了。（同下）

## 第二场　同前。凯普莱特家花园

【朱丽叶上。

**朱丽叶：** 快快跑过去吧，踏着火云的骏马，把太阳拖回到它的安息的所在；但愿驾车的法厄同鞭策你们飞驰到西方，让阴沉的暮夜赶快降临。展开你密密的帷幕吧，成全恋爱的黑夜！遮住夜行人的眼睛，让罗密欧悄悄投入我的怀里，不被人家看见也不被人家谈论！恋人们可以在他们自身美貌的光辉里互相缱绻；即使恋爱是盲目的，那也正好和黑夜相称。来吧，温文的夜，你朴素的黑衣妇人，教会我怎样在一场全胜的赌博中失败，把各人纯洁的童贞互为赌注。用你黑色的罩巾遮住我脸上羞怯的红潮，等我深藏内心的爱情慢慢儿胆大起来，不再因为在行动上流露真情而惭愧，来吧，黑夜！来吧，罗密欧！来吧，你黑夜中的白昼！因为你将要睡在黑夜的翼上，比乌鸦背上的新雪还要皎白。来吧，柔和的黑夜！来吧，可爱的黑颜的夜，把我的罗密欧给我！等他死了以后，你再把他带去，分散成无数的星星，把天空装饰得如此美丽，使全世界都恋爱着黑夜，不再崇拜炫目的太阳。啊！我已经买下了一所恋爱的华厦，可是它还不曾属我所有；虽然我已经把自己出卖，可是还没有被买主领去。这日子长得真叫人厌烦，正像一个做好了新衣服的小孩，在节日的前夜焦躁地等着天明一样。啊！我的奶妈来了。

【乳媪提绳上。

朱丽叶：她带着消息来了。谁的舌头上只要说出了罗密欧的名字，他就在吐露着天上的仙音。奶妈，什么消息？你带着些什么来了？那就是罗密欧叫你去拿的绳子吗？

乳媪：是的，是的，这绳子。（将绳掷下）

朱丽叶：哎哟！什么事？你为什么扭着你的手？

乳媪：唉！唉！唉！他死了，他死了，他死了！我们完了，小姐，我们完了！唉！他去了，他给人杀了，他死了！

朱丽叶：天道竟会这样狠毒吗？

乳媪：不是天道狠毒，罗密欧才下得了这样狠毒的手。啊！罗密欧，罗密欧！谁想得到会有这样的事情？罗密欧！

朱丽叶：你是个什么鬼，这样煎熬着我？这简直就是地狱里的酷刑。罗密欧把他自己杀死了吗？你只要回答我一个"是"字，这一个"是"字就比毒龙眼里射放的死光更会致人死命。要是他死了，你就说是。要是他没有死，你就说不。这两个简单的字就可以决定我的终身祸福。

**乳媪：** 我看见他的伤口，我亲眼看见他的伤口，慈悲的上帝！就在他的宽阔的前胸。一个可怜的尸体，一个可怜的流血的尸体，像灰一样苍白，满身都是血，满身都是一块块的血；我一瞧见就晕过去了。

**朱丽叶：** 啊，我的心要碎了！——可怜的破产者，你已经丧失了一切，还是赶快碎裂了吧！失去了光明的眼睛，你从此不能再见天日了！你这俗恶的泥土之躯，赶快停止了呼吸，复归于泥土，去和罗密欧同眠在一个圹穴里吧！

**乳媪：** 啊！提伯尔特，提伯尔特！我的顶好的朋友！啊，温文的提伯尔特，正直的绅士！想不到我活到今天，却会看见你死去！

**朱丽叶：** 这是一阵什么风暴，一会儿又换了方向！罗密欧给人杀了，提伯尔特又死了吗？一个是我的最亲爱的哥哥，一个是我的更亲爱的夫君？那么，可怕的号角，宣布世界末日的来临吧！要是这样两个人都可以死去，谁还应该活在这世上？

**乳媪：** 提伯尔特死了，罗密欧放逐了；罗密欧杀了提伯尔特，他现在被放逐了。

**朱丽叶：** 上帝啊！提伯尔特是死在罗密欧的手里吗？

**乳媪：** 是的，是的，唉！是的。

第三幕　第二场　同前。凯普莱特家花园

**朱丽叶：**啊，花一样的脸庞里藏着蛇一样的心！哪一条恶龙曾经栖息在这样清雅的洞府里？美丽的暴君！天使般的魔鬼！披着白鸽羽毛的乌鸦！豺狼一样残忍的羔羊！圣洁的外表包覆着丑恶的实质！你的内心刚巧和你的形状相反，一个万恶的圣人，一个庄严的奸徒！造物主啊！你为什么要从地狱里提出这一个恶魔的灵魂，把它安放在这样可爱的一座肉体的天堂里？哪一本邪恶的书籍曾经装订得这样美观？啊！谁想得到这样一座富丽的宫殿里，会容纳着欺人的虚伪！

**乳媪：**男人都是靠不住、没有良心、没有真心的；谁都是三心二意，反复无常，奸恶多端，净是些骗子。啊！我的人呢？快给我倒点儿酒来。这些悲伤烦恼，已经使我老起来了。愿耻辱降临到罗密欧的头上！

**朱丽叶：**你说出这样的愿望，你的舌头上就应该长起水泡来！耻辱从来不曾和他在一起；它不敢侵上他的眉宇，因为那是君临天下的荣誉的宝座。啊！我刚才把他这样辱骂，我真是个畜生！

**乳媪：**杀死了你的族兄的人，你还说他好话吗？

**朱丽叶：**他是我的丈夫，我应当说他坏话吗？啊！我的可怜的丈夫！你的三小时的妻子都这样凌辱你的名字，谁还会对他说一句温情的慰藉呢？可是你这恶人，你为什么杀死我的哥哥？

他要是不杀死我的哥哥，我的凶恶的哥哥就会杀死我的丈夫。回去吧，愚蠢的眼泪，流回到你的源头；你那滴滴的细流，本来是悲哀的倾注，可是你却错把它呈献给喜悦。我的丈夫活着，他没有被提伯尔特杀死；提伯尔特死了，他想要杀死我的丈夫！这明明是喜讯，我为什么要哭泣呢？还有两个字比提伯尔特的死更使我痛心，像一柄利刃刺进了我的胸中；我但愿忘了它们，可是，唉！它们紧紧地牢附在我的记忆里，就像萦回在罪人脑中的不可宥恕的罪恶。"提伯尔特死了，罗密欧放逐了！"放逐了！这"放逐"两个字，就等于杀死了一万个提伯尔特。单单提伯尔特的死，已经可以令人伤心了；即使祸不单行，必须在"提伯尔特死了"这一句话以后，再接上一句不幸的消息，为什么不说你的父亲，或是你的母亲，或是父母两人都死了，那也可以引起一点儿人情之常的哀悼？可是在提伯尔特的噩耗以后，再接连一记更大的打击，"罗密欧放逐了！"这句话简直等于说，父亲、母亲、提伯尔特、罗密欧、朱丽叶，一起被杀，一起死了。"罗密欧放逐了！"这一句话里面包含着无穷无际无极无限的死亡，没有字句能够形容出这里面蕴蓄着的悲伤。——奶妈，我的父亲、我的母亲呢？

**乳媪：** 他们正在抚着提伯尔特的尸体痛哭。你要去看他们吗？让我带着你去。

**朱丽叶**：让他们用眼泪洗涤他的伤口，我的眼泪是要留着为罗密欧的放逐而哀哭出来的。拾起那些绳子来。可怜的绳子，你是失望了，我们两人都失望了，因为罗密欧已经被放逐；他要借着你做接引相思的桥梁，可是我却要做一个独守空闺的怨女而死去。来，绳儿；来，奶妈。我要去睡上我的新床，把我的童贞奉献给死亡！

**乳媪**：那么你快到房里去吧。我去找罗密欧来安慰你，我知道他在什么地方。听着，你的罗密欧今天晚上一定会来看你；他现在躲在劳伦斯神父的寺院里，我就去找他。

**朱丽叶**：啊！你快去找他；把这指环拿去给我的忠心的骑士，叫他来做一次最后的诀别。（各下）

## 第三场　同前。劳伦斯神父的寺院

【劳伦斯神父上。

**劳伦斯**：罗密欧，跑出来；出来吧，你受惊的人，你已经和坎坷的命运结下了不解之缘。

【罗密欧上。

**罗密欧：**神父，什么消息？亲王的判决怎样？还有什么我所没有知道的不幸的事情将要来找我？

**劳伦斯：**我的好孩子，你已经遭逢到太多的不幸了。我来报告你亲王的判决。

**罗密欧：**除了死罪以外，还会有什么判决？

**劳伦斯：**他的判决是很温和的；他并不判你死罪，只宣布把你放逐。

**罗密欧：**嘿！放逐！慈悲一点儿，还是说"死"吧！不要说"放逐"，因为放逐比死还要可怕。

**劳伦斯：**你必须立刻离开维洛那境内。不要懊恼，这是一个广大的世界。

**罗密欧：**在维洛那城以外没有别的世界，只有地狱的苦难所以从维洛那放逐，就是从这世界上放逐，也就是死。明明是死，你却说是放逐，这就等于用一柄利斧斫下我的头，反因为自己犯了杀人罪而扬扬得意。

**劳伦斯：**哎哟，罪过罪过！你怎么可以这样不知恩德！你所犯的过失，按照法律本来应该处死，幸亏亲王仁慈，特别对你开恩，才把可怕的死罪改成了放逐。这明明是莫大的恩典，你却不知道。

第三幕　第三场　同前。劳伦斯神父的寺院

**罗密欧：**这是酷刑，不是恩典。朱丽叶所在的地方就是天堂；这儿的每一只猫，每一只狗，每一只小小的老鼠，都生活在天堂里，都可以瞻仰到她的容颜，可是罗密欧却看不见她。污秽的苍蝇都可以接触亲爱的朱丽叶的皎洁的玉手，从她的嘴唇上偷取天堂中的幸福，那两片嘴唇是这样纯洁贞淑，永远含着娇羞，好像觉得它们自身的相吻也是种罪恶一样；苍蝇可以这样做，我却必须远走高飞，它们是自由人，我却是一个放逐的流徒。你还说放逐不是死吗？难道你没有配好的毒药、锋锐的刀子或者任何致命的利器，而必须用"放逐"两个字把我杀害吗？放逐！啊，神父！只有沉沦在地狱里的鬼魂才会伴着凄厉的呼号用到这两个字。你是一个教士，一个替人忏罪的神父，又是我的朋友，怎么忍心用"放逐"这两个字来寸磔我呢？

**劳伦斯：**你这痴心的疯子，听我说一句话。

**罗密欧：**啊！你又要对我说起放逐了。

**劳伦斯：**我要教给你怎样抵御这两个字的方法，用哲学的甘乳安慰你的逆运，让你忘却被放逐的痛苦。

**罗密欧：**又是"放逐"！我不要听什么哲学！除非哲学能够制造一个朱丽叶，迁徙一个城市，撤销一个亲王的判决，否则它就没有什么用处。别再多说了吧。

**劳伦斯：**啊！那么我看疯人是不生耳朵的。

罗密欧：聪明人不生眼睛，疯人何必生耳朵呢？

劳伦斯：让我跟你讨论讨论你现在的处境吧。

罗密欧：你不能谈论你所没有感觉到的事情；要是你也像我一样年轻，朱丽叶是你的爱人，才结婚一个小时，就把提伯尔特杀了。要是你也像我一样热恋，像我一样被放逐，那时你才可以讲话，那时你才会像我现在一样扯着你的头发，倒在地上，替自己量一个葬身的墓穴。（内叩门声）

劳伦斯：快起来，有人在敲门；好罗密欧，躲起来吧。

罗密欧：我不要躲，除非我心底发出来的痛苦呻吟的气息，会像一重云雾一样，把我掩过了追寻者的眼睛。（叩门声）

劳伦斯：听！门打得多么响！——是谁在外面？——罗密欧，快起来，你要给他们捉住了。——等一等！——站起来；（叩门声）跑到我的书斋里去。——就来了！——上帝啊！瞧你多么不听话！——来了，来了！（叩门声）谁把门敲得这么响？你是从什么地方来的？有什么事？

乳媪：（在内）让我进来，你就可以知道我的来意；我是从朱丽叶小姐那里来的。

劳伦斯：那好极了，欢迎欢迎！（打开门）

【乳媪上。

乳媪：啊，神父！啊，告诉我，神父，我的小姐的姑爷呢？罗

## 第三幕　第三场　同前。劳伦斯神父的寺院

密欧呢？

**劳伦斯：** 在那边地上哭得死去活来的就是他。

**乳媪：** 啊！他正像我的小姐一样，正像她一样！唉！真是同病相怜，一般的伤心！她也是这样躺在地上，一边唠叨一边哭，一边哭一边唠叨。起来，起来，是个男子汉就该起来。为了朱丽叶的缘故，为了她的缘故，站起来吧。为什么您要伤心到这个样子呢？

**罗密欧：** 奶妈！

**乳媪：** 唉，姑爷！唉，姑爷！一个人到头来总是要死的。

**罗密欧：** 你刚才不是说起朱丽叶吗？她现在怎么样？我现在已经用她近亲的血液玷污了我们的新欢，她不会把我当作一个杀人的凶犯吗？她在什么地方？她怎么样？我这位秘密的新妇对于我们这一段中断的情缘说些什么话？

**乳媪：** 啊，她没有说什么话，姑爷，只是哭呀哭的，哭个不停；一会儿倒在床上，一会儿又跳了起来；一会儿叫一声提伯尔特，一会儿哭一声罗密欧；然后又倒了下去。

**罗密欧：** 好像我那一个名字是从枪口里瞄准了射出来似的，一弹出去就把她杀死，正像我这一双该死的手杀死了她的亲人一样。啊！告诉我，神父，告诉我，我的名字是在我身上哪一处万恶的地方？告诉我，好让我捣毁这可恨的巢穴。（拔匕

首欲刺自己。乳媪夺下他手中的匕首）

**劳伦斯：** 放下你的鲁莽的手！你是一个男子吗？你的形状是一个男子，你却流着妇人的眼泪；你的狂暴的举动，简直是一头野兽的无可理喻的咆哮。你这须眉的贱妇，你这人头的畜类！我真想不到你的性情竟会这样毫无涵养。你已经杀死了提伯尔特，你还要杀死你自己吗？你不想到你对自己采取这种万劫不赦的暴行不也就是杀死与你相依为命的你的妻子吗？为什么你要怨恨天地，怨恨你自己的生不逢辰？天地好容易生下你这一个人来，你却要亲手把你自己摧毁！呸！呸！你有的是一副堂堂的七尺之躯，有的是热情和智慧？你却不知道把它们好好利用，这岂不是辜负了你的七尺之躯，辜负了你的热情和智慧？你的堂堂仪表不过是一尊蜡像，没有一点儿男子汉的血气；你的山盟海誓都是些空虚的谎话，杀害你所发誓珍爱的情人；你的智慧不知道指示你的行动、驾驭你的感情，它已经变成了愚妄的谬见，正像装在一个笨拙的军士的枪膛里的火药，本来是自卫的武器，因为不懂得点燃的方法，反而毁损了自己的肢体。怎么！起来吧，孩子！你刚才几乎要为了你的朱丽叶而自杀，可是她现在好好活着，这是你的第一件幸事。提伯尔特要把你杀死，可是你却杀死了提伯尔特，这是你的第二件幸事。法律上本来规定杀人抵命，可是

## 第三幕　第三场　同前。劳伦斯神父的寺院

它对你特别留情，减成了放逐的处分，这是你的第三件幸事。这许多幸事照顾着你，幸福穿着盛装向你献媚，你却像一个倔强乖僻的女孩，向你的命运和爱情撅起了嘴唇。留心，留心，像这样不知足的人是不得好死的。去，快去会见你的情人，按照预定的计划，到她的寝室里去，安慰安慰她；可是在巡逻兵没有出发以前，你必须及早离开，否则你就到不了曼多亚。你可以暂时在曼多亚住下，等我们觑着机会，把你们的婚姻宣布出来，和解了你们两家的亲族，向亲王请求特赦，那时我们就可以用超过你现在离别的悲痛二百万倍的欢乐招呼你回来。奶妈，你先去，替我向你家小姐致意；叫她设法催促她家里的人早早安睡，他们在遭到这样重大的悲伤以后，这是很容易办到的。你对她说，罗密欧就要来了。

**乳媪：** 主啊！像这样好的教训，我就是在这儿听上一整夜都愿意；啊！真是有学问人说的话！姑爷，我就去对小姐说您就要来了。

**罗密欧：** 很好，请你再叫我的爱人准备好一顿责骂。（乳媪欲下，复折回）

**乳媪：** 姑爷，这一个戒指小姐叫我拿来送给您，请您赶快就去，天色已经很晚了。

**罗密欧：** 现在我又重新得到了多大的安慰！（乳媪下）

**劳伦斯：** 去吧，晚安！你的命运在此一举：你必须在巡逻者没有开始查缉以前脱身；否则就得在黎明时候化装逃走。你就在曼多亚安下身。我可以找到你的仆人，倘使这儿有什么关于你的好消息，我会叫他随时通知你。把你的手给我。时候不早了，再会吧，晚安。

**罗密欧：** 倘不是一个超乎一切喜悦的喜悦在招呼着我，像这样匆匆的离别，一定会使我黯然神伤，再会！（各下。）

## 第四场　同前。凯普莱特家中一室

【凯普莱特、凯普莱特夫人及巴里斯上。

**凯普莱特：** 伯爵，舍间因为遭逢变故，我们还没有时间去开导小女；您知道她跟她那个表兄提伯尔特是友爱很笃的，我也是非常喜欢他；唉！人生不免一死，也不必再去说他了。现在时间已经很晚，她今夜不会再下来了；不瞒您说，倘不是您大驾光临，我也早在一小时以前上了床啦。

**巴里斯：** 我在你们正在伤心的时候来此求婚，实在是太冒昧了。

第三幕　第四场　同前。凯普莱特家中一室

晚安，伯母，请您替我向令爱致意。

**凯普莱特夫人：** 好，我明天一早就去探听她的意思。今夜她已经抱着满腔的悲哀关上门睡了。

**凯普莱特：** 巴里斯伯爵，我可以大胆替我的孩子做主，我想她一定会绝对服从我的意志。是的，我对于这一点可以断定。夫人，你在临睡以前先去看看她，把这位巴里斯伯爵向她求爱的意思告诉她知道；你再对她说，听好我的话，叫她在星期三——且慢，今天星期几？

**巴里斯：** 星期一，老伯。

**凯普莱特：** 星期一！哈哈！好，星期三是太快了点儿，那么就是星期四吧。对她说，在这个星期四，她就要嫁给这位尊贵的伯爵。您来得及准备吗？您不嫌太匆促吗？咱们也不必十分铺张，略为请几位亲友就够了；因为提伯尔特才死不久，他是我们自己家里的人，要是我们大开欢宴，人家也许会说我们对去世的人太没有情分。所以我们只要请五六个亲友，把仪式举行一下就算了。您说星期四怎样？

**巴里斯：** 老伯，我但愿星期四便是明天。

**凯普莱特：** 好，你去吧，那么就是星期四。夫人，你在临睡前先去看看朱丽叶，叫她预备预备，好做起新嫁娘来啦。再见，伯爵。喂！掌灯！时候已经很晚，等一会儿我们就要说它很

89

早了。晚安!(各下)

## 第五场　同前。朱丽叶的卧室

【罗密欧及朱丽叶上;两人在窗前。

**朱丽叶:** 你现在就要去了吗?天亮还有一会儿呢。那刺进你惊恐的耳膜中的,不是云雀,是夜莺的声音;它每天晚上在那边石榴树上歌唱。相信我,爱人,那是夜莺的歌声。

**罗密欧:** 那是报晓的云雀,不是夜莺。瞧,爱人,不作美的晨曦已经在东方的云朵上镶起了金线,夜晚的星光已经烧尽,愉快的白昼蹑足踏上了迷雾的山巅。我必须到别处去找寻生路,或者留在这儿束手等死。

**朱丽叶:** 那光明不是晨曦,我知道,那是从太阳中吐射出来的流星,要在今夜替你拿着火炬,照亮你到曼多亚去。所以你不必急着要走,再耽搁一会儿吧。

**罗密欧:** 让我被他们捉住,让我被他们处死;只要是你的意思,我就毫无怨恨。我愿意说那边灰白色的云彩不是黎明睁开它的睡眼，那不过是从月亮的眉宇间反映出来的微光；那响彻云霄的歌声，也不是出于云雀的喉中。我巴不得留在这里，永远不要离开。来吧，死，我欢迎你！因为这是朱丽叶的意思。怎么，我的灵魂？让我们谈谈，天还没有亮哩。

朱丽叶：天已经亮了，天已经亮了。快去吧，快去吧！那唱得这样刺耳，嘶着粗涩的噪声和讨厌的锐音的，正是天际的云雀。有人说云雀会发出千变万化的甜蜜的歌声，这句话一点儿不对，因为它只使我们彼此分离；有人说云雀曾经和丑恶的蟾蜍交换眼睛，啊！我但愿他们也交换了声音，因为那声音使你离开了我的怀抱，用催醒的晨歌催促你登程。啊！现在你快走吧，天越来越亮了。

罗密欧：天越来越亮，我们悲哀的心却越来越黑暗。

【乳媪匆匆上。

乳媪：小姐！

朱丽叶：奶妈？

乳媪：你的母亲就要到你房里来了。天已经亮啦，小心点儿。（下）

朱丽叶：那么窗啊，让白昼进来，让生命出去。

罗密欧：再会，再会！给我一个吻，我就下去。（由窗口下降）

朱丽叶：你就这样走了吗？我的夫君，我的爱人，我的朋友！我每天的每一小时都必须听到你的消息，因为一分钟就等于许多日子。啊！照这样计算起来，等我再看见我的罗密欧的时候，我不知道已经老到怎样了。

**罗密欧：** 再会！我决不放弃任何的机会，爱人，向你传达我的衷忱。

**朱丽叶：** 啊！你想我们会不会再有见面的日子？

**罗密欧：** 一定会有的。我们现在这一切悲哀痛苦，到将来便是握手谈心的资料。

**朱丽叶：** 上帝啊！我有一颗预感不祥的灵魂；你现在站在下面，我仿佛望见你像一具坟墓底下的尸骸。也许是我的眼光昏花，否则就是你的面容太惨白了。

**罗密欧：** 相信我，爱人，在我的眼中你也是这样。忧伤吸干了我们的血液。再会！再会！（下）

**朱丽叶：** 命运啊，命运！谁都说你喜新厌旧，要是你真的喜新厌旧，那么你怎样对待一个忠贞不贰的人呢？愿你不要改变你的轻浮的天性，因为这样也许你会厌倦于把他玩弄，早早打发他回来。

**凯普莱特夫人：** （在内）喂，女儿！你起来了吗？

**朱丽叶：** 谁在叫我？是我的母亲吗？——难道她这么晚还没有睡觉？还是这么早就起来了？什么特殊的原因使她到这儿来？

（离开窗口走下来）

【凯普莱特夫人上。

## 第三幕　第五场　同前。朱丽叶的卧室

**凯普莱特夫人：**啊！怎么，朱丽叶！

**朱丽叶：**母亲，我不大舒服。

**凯普莱特夫人：**老是为了你表兄的死而掉泪吗？什么！你想用眼泪把他从坟墓里冲出来吗？就是冲得出来，你也没法子叫他复活；所以还是算了吧。适当的悲哀可以表示感情的深切，过度的伤心却可以证明智慧的欠缺。

**朱丽叶：**还是让我为了这样一个痛心的损失而流泪吧。

**凯普莱特夫人：**损失固然痛心，可是一个失去的亲人，不是可以用眼泪哭得回来的。

**朱丽叶：**因为这损失是如此痛心，我不能不为了失去的亲人而痛哭。

**凯普莱特夫人：**好，孩子，人已经死了，你也不用多哭他了；顶可恨的是那杀死他的恶人仍旧活在世上。

**朱丽叶：**什么恶人，母亲？

**凯普莱特夫人：**就是罗密欧那个恶人。

**朱丽叶：**（旁白）恶人跟他相去着不知多少距离呢。——上帝饶恕他！我愿意全心饶恕他；可是没有人像他那样令我伤心。

**凯普莱特夫人：**那是因为这个万恶的凶手还活在世上。

**朱丽叶：**是的，母亲，我恨不得把他抓住在我的手里。但愿我能够独自报复这一段杀兄之仇！

凯普莱特夫人：我们一定要报仇的，你放心吧，别再哭了。这个亡命的流徒现在到曼多亚去了，我要差一个人到那边去，用一种稀有的毒药把他毒死，让他早点儿跟提伯尔特见面；那时候我想你一定可以满足了。

朱丽叶：真的，我心里永远不会感到满足，除非我看见罗密欧在我的面前——死去。我这颗可怜的心是这样为了一个亲人而痛楚！母亲，要是您能够找到一个愿意带毒药去的人，让我亲手把它调好，好叫那罗密欧服下以后，就会安然睡去。唉！我心里多么难过，只听到他的名字，却不能赶到他的面前，我是那样地爱着他，我一定要亲手在杀死他的人身上报仇。

凯普莱特夫人：你去想办法，我一定可以找到这样一个人。可是，孩子，现在我要告诉你好消息。

朱丽叶：在这样不愉快的时候，好消息来得真是再适当没有了。请问母亲，是什么好消息呢？

凯普莱特夫人：哈哈，孩子，你有一个体贴你的好爸爸哩；他为了替你排解愁闷，已经为你选定了一个大喜的日子，不但你想不到，就是我也没有想到。

朱丽叶：母亲，快告诉我，是什么日子？

凯普莱特夫人：哈哈，我的孩子，星期四的早晨，那位风流年少的贵人，巴里斯伯爵，就要在圣彼得教堂里娶你做他的幸福的新娘了。

**朱丽叶：** 凭着圣彼得教堂和圣彼得的名字起誓，我决不让他娶我做他的幸福的新娘。世间哪有这样匆促的事情。人家还没有来向我求过婚，我倒先做了他的妻子了！母亲，请您对我的父亲说，我现在还不愿意出嫁；就是要出嫁，我可以发誓，我也宁愿嫁给我所痛恨的罗密欧，不愿嫁给巴里斯。真是些好消息！

**凯普莱特夫人：** 你爸爸来啦。你自己对他说去，看他会不会听你的话。

【凯普莱特及乳媪上。

**凯普莱特：** 太阳西下的时候，天空中散下了蒙蒙的细露；可是我的侄儿死了，却有倾盆的大雨送着他下葬。怎么！装起喷水管来了吗，孩子？咦！还在哭吗？雨到现在还没有停吗？你这小小的身体里面，也有船，也有海，也有风；因为你的眼睛就是海，永远有泪潮在那儿涨落；你的身体是一艘船，在这泪海上面航行；你的叹气是海上的狂风；你的身体经不起风浪的吹打，是会在这汹涌的怒海中覆没的。怎么，妻子！你没有把我们的主张告诉她吗？

**凯普莱特夫人：** 我告诉她了；可是她说谢谢你，她不要嫁人。我希望这傻丫头还是死了干净！

**凯普莱特：** 且慢！讲明白点儿，讲明白点儿，妻子。怎么！她不要嫁人吗？她不谢谢我们吗？她不称心吗？像她这样一个贱丫头，我们替他找到了这么一位高贵的绅士做她的新郎，她还不想想这是多大的福气吗？

**朱丽叶：** 我没有喜欢，只有感激；你们不能勉强我喜欢一个我对他没有好感的人，可是我感激你们爱我的一片好心。

**凯普莱特：** 怎么！怎么！胡说八道！这是什么话？什么喜欢不喜欢，感激不感激！你这个惯坏了的丫头，我也不要你感谢，我也不要你喜欢，只要你预备好星期四到圣彼得教堂里去跟巴里斯结婚；你要不愿意，我就把你装在木笼里拖了去。不要脸的死丫头，贱东西！

**凯普莱特夫人：** 哎哟！哎哟！你疯了吗？

**朱丽叶：** 好爸爸，我跪下来，求求您，请您耐心听我说一句话。

（跪下）

**凯普莱特：** 该死的小贱妇！不孝的畜生！我告诉你，星期四给我到教堂里去，不然以后再也不要见我的面。不许说话，不要回答我；我的手指痒着呢。——夫人，我们常常怨叹自己福薄，只生下这一个孩子；可是现在我才知道就是这一个已经太多了。总是家门不幸，出了这一个冤孽！不要脸的贱货！

**乳媪：** 上帝祝福她！老爷，您不该这样骂她。

第三幕　第五场　同前。朱丽叶的卧室

**凯普莱特：** 为什么不该！我的聪明的老太太？谁要你多嘴，我的好大娘？你去跟你那些婆婆妈妈们谈天去吧，去！

**乳媪：** 我又没有说过一句冒犯您的话。

**凯普莱特：** 闭嘴，你这叽里咕噜的蠢婆娘！我们不要听你的教训。

**凯普莱特夫人：** 你的脾气太躁了。

**凯普莱特：** 哼！我气都气疯啦。每天每夜，时时刻刻，不论忙着空着，独自一个人或是跟别人在一起，我心里总是在盘算着怎样把她许配给一个好好的人家；现在好容易找到一位出身高贵的绅士，又有家私，又年轻，又受过高尚的教养，正是人家说的十二分的人才，好到没的说的了；偏偏这个不懂事的傻丫头，放着送上门来的好福气不要，说什么"我不要结婚""我不懂恋爱""我年纪太小""请原谅我"。好，你要是不愿意嫁人，我可以放你自由，尽你的意思到什么地方去，我这屋子里可容不得你了。你给我想想明白，我是一向说到哪里做到哪里的。星期四就在眼前；自己仔细考虑考虑。你倘然是我的女儿，就得听我的话嫁给我的朋友；你倘然不是我的女儿，那么你去上吊也好，做叫花子也好，挨饿也好，死在街上也好，我都不管，因为凭着我的灵魂起誓，我是再也不会认你这个女儿的，你也别想我会分一点儿什么给你。我不会骗你，你想一想吧；我已经发过誓了，一定要把它

97

做到。(下)

朱丽叶：上天知道我心里是多么难过，难道它竟会不给我一点儿慈悲吗？啊，我亲爱的母亲！不要丢弃我！把这头亲事延期一个月或者一个星期也好；或者要是您不答应我，那么请您把我的新床安放在提伯尔特长眠的幽暗的坟茔里吧！

凯普莱特夫人：不要对我讲话，我没有什么话好对你说。随你的便吧，我是不管你啦。(下)

朱丽叶：上帝啊！啊，奶妈！这件事情怎么避过去呢？我的丈夫还在世间，我的誓言已经上达天听；倘使我的誓言可以收回，那么除非我的丈夫已经脱离人世，从天上把它送还给我。安慰安慰我，替我想想办法吧。唉！唉！想不到天也会作弄像我这样一个柔弱的人！你怎么说？难道你没有一句可以使我快乐的话吗？奶妈，给我一点儿安慰吧！

乳媪：好，那么你听我说。罗密欧是已经放逐了；我可以用任何东西打赌，他再也不敢回来责问你，除非他偷偷儿溜了回来。事情既然这样，那么我想你最好还是跟那伯爵结婚。啊！他真是个可爱的绅士！罗密欧比起他来只好算是一块抹布。小姐，一头鹰也没有像巴里斯那样一双又是碧绿得好看又是锐利的眼睛。说句该死的话，我想你这第二个丈夫，比第一个丈夫好得多啦；话也许不是这么说，可是你的第一个丈夫虽然还在世上,对你已经没有什么用处,也就跟死了差不多啦。

**朱丽叶:** 你这些话是从心里说出来的吗?

**乳媪:** 那不但是我心里的话,也是我灵魂里的话;倘有虚假,让我的灵魂下地狱。

**朱丽叶:** 阿门!

**乳媪:** 什么!

**朱丽叶:** 好,你已经给了我很大的安慰。你进去吧,告诉我的母亲说我出去了,因为得罪了我的父亲,要到劳伦斯神父的寺院里去忏悔我的罪过。

**乳媪:** 很好,我就这样告诉她。这才是聪明的办法哩。(下)

**朱丽叶:** 老而不死的魔鬼!顶丑恶的妖精!她希望我背弃我的盟誓。她几千次向我夸奖我的丈夫,说他比谁都好,现在却又用同一条舌头说他的坏话!去,我的顾问;从此以后,我再也不把你当作心腹看待了。我要到神父那儿去向他求救。要是一切办法都已穷尽,我唯有一死了之。(下)

# 第四幕

## 第一场　维洛那。劳伦斯神父的寺院

【劳伦斯神父及巴里斯伯爵上。

**劳伦斯：** 在星期四吗，伯爵？时间未免太局促了。

**巴里斯：** 这是我的岳父凯普莱特的意思；他既然这样性急，我也不愿把时间延迟下去。

**劳伦斯：** 您说您还没有知道那小姐的心思，我不赞成这种片面决定的事情。

**巴里斯：** 她为了提伯尔特的死流着过多的眼泪，所以我没有多跟她谈恋爱，因为在一间哭哭啼啼的屋子里，维纳斯是露不出笑容来的。神父，她的父亲因为瞧她这样一味伤心，恐怕会发生什么意外，所以他才决定让我们提早完婚，免得她一天到晚哭得像个泪人儿一般；一个人在房间里最容易触景伤情，要是有了伴侣，也许可以替她排解悲哀。现在您可以知道我这次匆促结婚的理由了。

**劳伦斯：**（旁白）我希望我不知道它为什么必须延迟的理由。——瞧，伯爵，这位小姐到我寺里来了。

【朱丽叶上。

**巴里斯：** 您来得正好，我的爱妻。

**朱丽叶：** 伯爵，等我做了妻子以后，也许您可以这样叫我。

**巴里斯：** 爱人，也许到星期四就会成为事实了。

**朱丽叶：** 事实是无可避免的。

**劳伦斯：** 那是当然的道理。

**巴里斯：** 您是来向这位神父忏悔的吗？

**朱丽叶：** 我要是回答您，就成了向您忏悔了。

**巴里斯：** 不要在他的面前否认您爱我。

**朱丽叶：** 我愿意在您的面前承认我爱他。

**巴里斯：** 我相信您也一定愿意在我的面前承认您爱我。

**朱丽叶：** 要是我必须承认，那么在您的背后承认，比在您的面前承认好得多啦。

**巴里斯：** 可怜的人儿！眼泪已经毁损了你的美貌。

**朱丽叶：** 眼泪并没有得到多大的胜利，因为我这副容貌在没有被眼泪毁损以前，已经够丑了。

**巴里斯：** 你不该说这样的话诽谤你的美貌。

朱丽叶：这不是诽谤，伯爵，这是实在的话，我当着我自己的脸说的。

巴里斯：你的脸是我的，你不该侮辱它。

朱丽叶：也许是的，因为它不是我自己的。神父，您现在有空吗？还是让我在晚祷的时候再来？

劳伦斯：我还是现在有空，多愁的女儿。伯爵，我们现在必须请您离开我们。

巴里斯：我不敢打扰你们的祈祷。朱丽叶，星期四一早我就来叫醒你。现在我们再会吧，请你保留下这一个神圣的吻。（下）

朱丽叶：啊！把门关了！关了门，再来陪着我哭吧。没有希望，没有补救，没有挽回了！

劳伦斯：啊，朱丽叶！我早已知道你的悲哀，实在想不出一个万全的计策。我听说你在星期四必须跟这伯爵结婚，而且毫无拖延的可能了。

朱丽叶：神父，不要对我说你已经听见这件事情，除非你能够告诉我怎样避免它。要是你的智慧不能帮助我，那么只要你赞同我的决心，我就可以立刻用这把刀解决一切。上帝把我的心和罗密欧的心结合在一起，我们两人的手是你替我们结合的；要是我这一只已经由你证明和罗密欧缔盟的手，再去和别人缔结新盟，或是我的忠贞的心起了叛变，投进别人的怀

第四幕　第一场　维洛那。劳伦斯神父的寺院

里，那么这把刀可以割下这背盟的手，诛戮这叛变的心。所以，神父，凭着你的丰富的见识阅历，请你赶快给我一些指教。否则瞧吧，这把血腥气的刀，就可以在我跟我的困难之间做一个公正之人，替我解决你的经验和才能所不能替我觅得一个光荣解决的难题。不要老是不说话；要是你不能指教我一个补救的办法，那么我除了一死以外没有别的希冀。

劳伦斯：住手，女儿。我已经看见了一线希望，可是那必须用一种非常的手段，方才能够抵御这一种非常的变故。要是你因为不愿跟巴里斯伯爵结婚，能够毅然立下视死如归的决心，那么你也一定愿意采取一种和死差不多的办法，来避免这种耻辱；倘然你敢冒险一试，我就可以把办法告诉你。

朱丽叶：啊！只要不嫁给巴里斯，你可以叫我从那边塔顶的雉堞上跳下来；你可以叫我在盗贼出没、毒蛇潜迹的路上匍匐行走。把我和咆哮的怒熊锁禁在一起；或者在夜间把我关在堆积尸骨的地窟里，用许多陈死的白骨、霉臭的腿胴和失去下颚的焦黄的骷髅掩盖着我的身体；或者叫我跑进一座新坟里去，把我隐匿在死人的殓衾里——无论什么使我听了战栗的事，只要可以让我活着，对我的爱人做一个纯洁无瑕的妻子，我都愿意毫不恐惧毫不迟疑地去做。

劳伦斯：好，那么放下你的刀，快快乐乐地回家去，答应嫁给

巴里斯。明天就是星期三了。明天晚上你必须一人独睡,别让你的奶妈睡在你的房间里;这一个药瓶你拿去,等你上床以后,就把这里面炼就的汁液一口喝下,那时就会有一阵昏昏沉沉的寒气通过你全身的血管,接着脉搏就会停止跳动;没有一丝热气和呼吸可以证明你还活着;你的嘴唇和颊上的红色都会变成灰白;你的眼睑闭下,就像死神的手关闭了生命的白昼;你身上的每一部分失去了灵活的控制,都像死一样僵硬寒冷;在这种与死无异的状态中,你必须经过四十二小时,然后你就仿佛从一场酣睡中醒了过来。当那新郎在早晨来催你起身的时候,他们会发现你已经死了;然后,照着我们国里的规矩,他们就要替你穿起盛装,用枢车载着你到凯普莱特族中祖先的坟茔里。同时因为要预备你醒来,我可以写信给罗密欧,告诉他我们的计划,叫他立刻到这儿来;我跟他两个人就守在你身边,等你一醒过来,当夜就叫罗密欧带着你到曼多亚去。只要你不临时变卦,不中途气馁,这一个办法一定可以使你避免这一场眼前的耻辱。

**朱丽叶:** 给我!给我!啊,不要对我说起害怕两个字!

**劳伦斯:** 拿着。你去吧,愿你立志坚强,前途顺利!我就叫一个弟兄飞快到曼多亚,带我的信去送给你的丈夫。

**朱丽叶:** 爱情啊,给我力量吧!只有力量可以搭救我。再会,亲

爱的神父！（各下）

## 第二场　同前。凯普莱特家厅堂

【凯普莱特、凯普莱特夫人、乳媪及二三仆人上。

**凯普莱特：** 这单子上有名字的，都是要去邀请的客人。（仆甲下）来人，给我去雇二十个有本领的厨子来。

**仆乙：** 老爷放心，一个二把刀都不会有的，我会挑那些舔自己手指头的厨子。

**凯普莱特：** 为什么？

**仆乙：** 老爷，厨子尝菜都用手指头，他要是连自己的手指头都不爱舔，做出的菜能好吃吗？

**凯普莱特：** 去，快去。（仆乙下）咱们这一次实在有点儿措手不及。什么！我的女儿到劳伦斯神父那里去了吗？

**乳媪：** 正是。

**凯普莱特：** 好，也许他可以劝告劝告她。真是个乖僻不听话的浪蹄子！

**乳媪：**瞧她已经忏悔完毕，高高兴兴地回来啦。

【朱丽叶上。

**凯普莱特：**啊，我的倔强的丫头！你荡到什么地方去啦？

**朱丽叶：**我因为自知忤逆不孝，违抗了您的命令，所以特地去忏悔我的罪过。现在我听从劳伦斯神父的指教，跪在这儿请您宽恕。爸爸，请您宽恕我吧！（跪下）从此以后，我永远听您的话了。

**凯普莱特：**去请伯爵来，对他说："我要把婚礼改在明天早上举行。"

**朱丽叶：**我在劳伦斯寺里遇见这位少年伯爵；我已经在不超过礼法的范围以内，向他表示过我的爱情了。

**凯普莱特：**啊，那很好，我很高兴。站起来吧，这样才对。让我见见这伯爵。喂，快去请他过来。多谢上帝把这位可尊敬的神父赐给我们！我们全城的人都感戴他的好处。

**朱丽叶：**奶妈，请你陪我到我的房间里去，帮我检点检点衣饰，看有哪几件可以在明天穿戴。

**凯普莱特夫人：**不，还是到星期四再说吧，急什么呢？

**凯普莱特：**去，奶妈，陪她去。我们一准儿明天上教堂。（朱丽叶及乳媪下）

**凯普莱特夫人：**我们现在预备起来怕来不及，天已经快黑了。

**凯普莱特：**胡说！我现在就动手，你瞧着吧，太太，到明天一定

第四幕　第三场　同前。朱丽叶的卧室

什么都安排得好好的。你快去帮朱丽叶打扮打扮；我今天晚上不睡了，让我一个人在这儿做一次管家妇。喂！喂！这些人一个都不在。好，让我自己跑到巴里斯那里去，叫他准备明天做新郎。这个倔强的孩子现在回心转意，真叫我高兴得了不得。（各下）

## 第三场　同前。朱丽叶的卧室

【朱丽叶及乳媪上。

朱丽叶：嗯，那些衣服都很好。可是，好奶妈，今天晚上请你不用陪我，因为我还要念许多祷告，求上天宥恕我过去的罪恶，默佑我将来的幸福。

【凯普莱特夫人上。

凯普莱特夫人：啊！你正在忙着吗？要不要我帮你？

朱丽叶：不，母亲，我们已经选择好了明天需用的一切，所以现在请您让我一个人在这儿吧；让奶妈今天晚上陪着您不睡，因为我相信这次事情办得太匆促了，您一定忙得不可开交。

**凯普莱特夫人：** 晚安！早点儿睡觉，你应该好好休息休息。（凯普莱特夫人及乳媪下）

**朱丽叶：** 再会！上帝知道我们将在什么时候相见。我觉得仿佛有一阵寒战刺激着我的血液，简直要把生命的热流冻结起来似的；待我叫她们回来安慰安慰我。奶妈！——要她到这儿来干什么？这凄惨的场面必须让我一个人扮演。来，药瓶。要是这药水不发生效力呢？那么我明天早上就必须结婚吗？不，不，这把刀会阻止我。你躺在那儿吧；（放下匕首）也许这瓶里是毒药，那神父因为已经替我和罗密欧证婚，现在我再跟别人结婚，恐怕损害他的名誉，所以有意骗我服下去毒死我；我怕果然会有这样的事。可是他一向是众人公认为道高德重的人，我想大概不至于；我不能抱着这样卑劣的思想。要是我在坟墓里醒了过来，罗密欧还没有到来把我救出去呢？这倒是很可怕的一点！那时我不是要在终年透不进一丝新鲜空气的地窟里活活闷死，等不及我的罗密欧到来吗？即使不闷死，那死亡和长夜的恐怖，那古墓中阴森的气象，几百年来，我祖先的尸骨都堆积在那里，入土未久的提伯尔特蒙着他的殓衾，正在那里腐烂；人家说，一到晚上，鬼魂便会归返他们的墓穴。唉！唉！要是我太早醒来，这些恶臭的气味，这些使人听了会发疯的凄厉的叫声；啊！要是我醒来，周围都是这种吓人的东西，我不会心神迷乱，疯狂地抚弄着我的祖宗的骨骸，把肢体溃烂的提伯尔特拖出了他的殓衾吗？在这样疯狂的状态中，我不会拾起一根老祖宗的骨头来，当作一根棍子，打破我的发昏的头颅吗？啊，瞧！那不是提伯尔特的鬼魂，正在那里追赶罗密欧，报复他的一剑之仇吗？等一等，提伯尔特，等一等！罗密欧，我来了！我为你干了这一杯！（倒在帘后的床上）

## 第四场　同前。凯普莱特家厅堂

【凯普莱特夫人及乳媪上。乳媪手中拿着烹饪用的香料。

**凯普莱特夫人：** 奶妈，把这串钥匙拿去，再拿一点儿香料来。

**乳媪：** 点心房里在喊着要枣子和榅桲呢。

【凯普莱特上。

**凯普莱特：** 来，赶紧点儿，赶紧点儿！鸡已经叫了第二次，晚钟已经打过，三点钟到了。好安吉丽加[①]，当心看看肉饼有没

---

[①] 凯普莱特夫人的名字。

有烘焦。多花费几个钱没有关系。

**乳媪：** 走开，走开，女人家的事用不到您多管；快去睡吧，今天闹了一个晚上，明天又要害病了。

**凯普莱特：** 不，哪儿的话！嘿，我为了没要紧的事，也曾经整夜不睡，几时害过病来？

**凯普莱特夫人：** 对啦，你从前也是顶会偷女人的夜猫儿，可是现在我却不放你出去胡闹啦。（凯普莱特夫人及乳媪下）

**凯普莱特：** 真是个醋娘子！真是个醋娘子！

【三四仆人持炙叉、木柴及篮上。

**凯普莱特：** 喂，这是什么东西？

**仆甲：** 老爷，这些都是拿去给厨子的，我也不知道是什么东西。

**凯普莱特：** 赶紧点儿，赶紧点儿。（仆甲下）喂，木头要拣干燥点儿的，你去问彼得，他可以告诉你什么地方有。

**仆乙：** 老爷，我自己也长着脑袋会拣木头，用不到麻烦彼得。（下）

**凯普莱特：** 嘿，倒说得有理，这个淘气的小杂种！你是长了一颗木头脑袋。哎哟！天已经亮了，伯爵就要带着乐工来了，他说过的。（内乐声）我听见他已经走近。奶妈！妻子！喂，喂！喂，奶妈呢？

【乳媪重上。

**凯普莱特：** 快去叫朱丽叶起来，把她打扮打扮；我要去跟巴里斯谈天去了。快去，快去，赶紧点儿，新郎已经来了，赶紧点儿！

（凯普莱特下）

## 第五场　同前　朱丽叶的卧室

**乳媪：** 小姐！喂，小姐！朱丽叶！她准是睡熟了。喂，小羊！喂，小姐！哼，你这懒丫头！喂，亲亲！小姐！心肝！喂，新娘！怎么！一声也不响？现在尽你睡去，尽你睡一个星期。到今天晚上，巴里斯伯爵可不让你安安静静休息一会儿了。上帝饶恕我，阿门，她睡得多熟！我必须叫她醒来。小姐！小姐！小姐！好，让那伯爵自己到你床上来吧，那时你可要吓得跳起来了，是不是？（拉开帘子）怎么！衣服都穿好了，又重新睡下去吗？我必须把你叫醒。小姐！小姐！小姐！哎哟！哎哟！救命！救命！我的小姐死了！哎哟！我还活着做什么！喂，拿一点儿酒来！老爷！太太！

【凯普莱特夫人上。

**凯普莱特夫人：** 吵些什么？

**乳媪：**哎哟，好伤心啊！

**凯普莱特夫人：**什么事？

**乳媪：**瞧，瞧！哎哟，好伤心啊！

**凯普莱特夫人：**哎哟，哎哟！我的孩子，我的唯一的生命！醒醒！睁开你的眼睛来！你死了，叫我怎么活得下去？救命！救命！大家来啊！

【凯普莱特上。

**凯普莱特：**还不送朱丽叶出来，她的新郎已经来啦。

**乳媪：**她死了，死了，她死了！哎哟，伤心啊！

**凯普莱特夫人：**唉！她死了，她死了，她死了！

**凯普莱特：**嘿！让我瞧瞧。哎哟！她身上冰冷的，她的血液已经停止不流，她的手脚都硬了；她的嘴唇里已经没有了生命的气息。死像一阵未秋先降的寒霜，摧残了这一朵最鲜嫩的娇花。

**乳媪：**哎哟，好伤心啊！

**凯普莱特夫人：**哎哟，好苦啊！

**凯普莱特：**死神夺去了我的孩子，他使我悲伤得说不出话来。

【劳伦斯神父、巴里斯及乐工等上。

**劳伦斯：**来，新娘有没有预备好上教堂去？

**凯普莱特：**她已经预备动身，可是这一去再不回来了。啊，贤婿！死神已经在你新婚的前夜降临到你妻子的身上。她躺在那里，像一朵被他摧残了的鲜花。死神是我的新婿,是我的后嗣,他已经娶走了我的女儿。我也快要死了,把我的一切都传给他。我的生命财产,一切都是死神的!

**巴里斯:** 难道我眼巴巴望到天明,却让我看见这一个凄惨情景?

**凯普莱特夫人:** 倒霉的、不幸的、可恨的日子!永无休止的时间运行中一个顶悲惨的时辰!我就生了这一个孩子,这一个可怜的疼爱的孩子,她是我唯一的欢喜和安慰,现在却被残酷的死神从我眼前夺去了啦!

**乳媪:** 好苦啊!好苦的、好苦的、好苦的日子啊!我这一生一世里顶伤心的日子、顶凄凉的日子!哎哟,这个日子!这个可恨的日子!从来不曾见过这样倒霉的日子!好苦的、好苦的日子啊!

**巴里斯:** 最可恨的死,你欺骗了我,杀害了她,拆散了我们的良缘,一切都被残酷的、残酷的你破坏了!啊,爱人!啊,我的生命!没有生命,只有被死亡吞噬了的爱情!

**凯普莱特:** 悲痛的命运,为什么你要来打破,打破了我们的盛礼?儿啊!儿啊!我的灵魂,你死了!你已经不是我的孩子了!死了!唉!我的孩子死了,我的快乐也随着我的孩子埋葬了!

**劳伦斯:** 静下来!不害羞吗?你们这样乱哭乱叫是无济于事的。上天和你们共有着这一个好女儿;现在她已经完全属于上天所有,这是她的幸福,因为你们不能使她的肉体避免死亡,上天却能使她的灵魂得到永生。你们竭力替她找寻一个美满的前途,因为你们的幸福是寄托在她的身上;现在她高高地升上云中去了,你们却为她哭泣吗?啊!你们瞧着她享受最大的幸福,却这样发疯一样号啕叫喊,这可以算是真爱你们的女儿吗?活着,嫁了人,一直到老,这样的婚姻有什么乐趣呢?在年轻时候结了婚而死去,才是最幸福不过的。揩干你们的眼泪,把你们的香花散布在这美丽的尸体上,按照着习惯,把她穿着盛装抬到教堂里去。愚痴的天性虽然使我们伤心痛哭,可是在理智眼中,这些天性的眼泪却是可笑的。

**凯普莱特:** 我们本来为了喜庆预备好的一切,现在都要变成悲哀的殡礼。我们的乐器要变成忧郁的丧钟,我们的婚筵要变成凄凉的丧席,我们的婚歌要变成沉痛的挽曲,新娘手里的鲜花要放在坟墓中殉葬,一切都要相反而行。

**劳伦斯:** 凯普莱特先生,您进去吧;夫人,您陪他进去;巴里斯伯爵,您也去吧;大家准备送这具美丽的尸体下葬。上天的愤怒已经降临在你们身上,不要再违逆他的意旨,招致更大的灾祸。(除乳媪及众乐工外,全体趋前,将迷迭香花撒在朱丽叶身上并拉合帘子)

**乐工甲:** 真的,咱们也可以收起笛子走啦。

## 第四幕　第五场　同前　朱丽叶的卧室

**乳媪：** 啊！好兄弟们，收起来吧，收起来吧；你们看，这真是飞来横祸啊！（下）

**乐工甲：** 事情也许还能补救。

【彼得上。

**彼得：** 乐工！啊！乐工，"心里的安乐""心里的安乐"！啊！替我奏一曲《心里的安乐》，否则我要活不下去了。

**乐工甲：** 为什么要奏《心里的安乐》呢？

**彼得：** 啊！乐工，因为我的心在那里唱着"我心里充满了忧伤"。啊！替我奏一支快活的哀歌儿，安慰安慰我吧。

**乐工乙：** 不奏不奏，现在不是奏乐的时候。

**彼得：** 那么你不奏吗？

**众乐工：** 不奏。

**彼得：** 那么我就给你们——

**乐工甲：** 你给我们什么？

**彼得：** 我可不给你们钱，哼！我要给你们一顿骂；我骂你们是一群卖唱的叫花子。

**乐工甲：** 那么我就骂你是个下贱的奴才。

**彼得：** 那么我就把奴才的刀架在你们的脖子上。我就是听不得你们的怪腔怪调。我叫你们"来"，叫你们"发"，你们可听明白了？

**乐工甲：**你要是叫我们"来"，叫我们"发"，你可就又要听到我们的怪腔怪调了。

**乐工乙：**请您快收起您的家伙，放出您的口才来吧。

**彼得：**好，那你们就准备着招架吧。我就收起匕首，看我用我这张铁嘴骂你们一个狗血喷头。有本事就回答一个问题，为什么歌里这样唱：

> 当悲伤刺痛着心灵，
>
> 当哀怨萦绕在胸中，
>
> 唯有音乐的银声——

**彼得：**为什么是"银声"？为什么说"音乐的银声"？猫肠子西门，你说说看。

**乐工甲：**银子的声音好听呗！

**彼得：**废话！三弦休伊，你倒是说说？

**乐工乙：**因为奏乐是为了求听曲的老爷赏些银钱。

**彼得：**又是废话！"音柱"詹姆士，你怎么说？

**乐工丙：**哎呀，不怕您见笑，我不知道怎么说。

**彼得：**啊！对不起，你是只会唱唱歌的；我替你说了吧：因为乐工尽管奏乐奏到老死，也换不到一些金子。

## 第四幕　第五场　同前　朱丽叶的卧室

唯有音乐的银声,

可以把烦闷推开。(下)

乐工甲：真是个讨厌的家伙!

乐工乙：该死的奴才!来,咱们且慢回去,等吊客来的时候吹奏两声,吃他们一顿饭再走。(同下)

# 第五幕

## 第一场　曼多亚。街道

【罗密欧上。

**罗密欧：** 要是梦寐中的美景果然可以成为真实，那么我的梦预兆着将有好消息到来；我觉得心神宁恬，整日里有一种向来所没有的精神，用快乐的思想把我从地面上飘扬起来。我梦见我的爱人来看见我死了——奇怪的梦，一个死人也会思想！——她吻着我，把生命吐进了我的嘴唇里，于是我复活了，并且成为一个君王。唉！仅仅是爱的影子，已经给人这样丰富的欢乐，要是占有了爱的本身，那该是多么的甜蜜！

【罗密欧的仆人鲍尔萨泽着靴上。

**罗密欧：** 从维洛那来的消息！啊，鲍尔萨泽！不是神父叫你带信来给我吗？我的爱人怎样？我父亲好吗？我再问你一遍，我的朱丽叶安好吗？因为只要她安好，一定什么都是好好儿的。

**鲍尔萨泽：** 那么她是安好的，什么都是好好儿的；她的身体长眠在凯普莱特家的坟茔里，她的不死的灵魂和天使们在一起。我看见她下葬在她亲族的墓穴里，所以立刻飞马前来告诉您。啊，少爷！恕我带了这恶消息来，因为这是您吩咐我做的事。

**罗密欧：** 有这样的事！命运，我诅咒你！——你知道我的住处；给我买些纸笔，雇下两匹快马，我今晚上就要动身。

**鲍尔萨泽：** 少爷，请您宽心一下；您的脸色惨白而仓皇，恐怕是不祥之兆。

**罗密欧：** 胡说，你看错了。快去，把我叫你做的事赶快办好。神父没有叫你带信给我吗？

**鲍尔萨泽：** 没有，我的好少爷。

**罗密欧：** 算了，你去吧，把马匹雇好了；我就来找你。（鲍尔萨泽下）好，朱丽叶，今晚我要睡在你的身旁。让我想个办法。啊，罪恶的念头！你会多么快钻进一个绝望者的心里！我想起了一个卖药的人，他的铺子就开设在附近，我曾经看见他穿着一身破烂的衣服，皱着眉头在那儿拣药草。他的形状十分消瘦，贫苦把他煎熬得只剩一把骨头；他的寒碜的铺子里挂着一只乌龟，一头剥了皮的鳄鱼，还有几张形状丑陋的鱼皮；他的架子上稀疏地散放着几只空匣子、绿色的瓦罐、一些胞囊和发霉的种子、几段包扎的麻绳，还有几块陈年的干玫瑰花，作为聊胜于无的点缀。看到这一种寒酸的样子，我就对自己说，在曼多亚城里，谁出卖了毒药是会立刻处死的，可是倘有谁现在需要毒药，这儿有一个可怜的奴才会卖给他。啊！不料我这一个思想，竟会预兆着我自己的需要，这个穷汉的毒药却要卖给我。我记得这里就是他的铺子。今天是假日，所以这叫花子没有开门。喂！卖药的！

【卖药人上。

**卖药人：** 谁在高声叫喊？

**罗密欧：** 过来，朋友。我瞧你很穷，这儿是四十块钱，请你给我一点儿能够迅速致命的毒药，厌倦于生命的人一服下去便会散入全身的血管，立刻停止呼吸而死去，就像火药从炮膛里放射出去一样快。

**卖药人：** 这种致命的毒药我是有的；可是曼多亚的法律严禁售卖，出卖的人是要处死刑的。

**罗密欧：** 难道你这样穷苦，还怕死吗？饥寒的痕迹刻在你的脸颊上，贫乏和迫害在你的眼睛里射出了饿火，轻蔑和卑贱重压在你的背上；这世间不是你的朋友，这世间的法律也保护不到你，没有人为你定下一条法律使你富有；那么你何必苦耐着贫穷呢？违犯了法律，把这些钱收下了吧。

**卖药人：** 我的贫穷答应了你，可是那是违反我的良心的。

罗密欧：我的钱是给你的贫穷，不是给你的良心的。

卖药人：把这一服药放在无论什么饮料里面喝下去，即使你有二十个人的气力，也会立刻送命。

罗密欧：这儿是你的钱，那才是害人灵魂的更坏的毒药，在这万恶的世界上，它比你那些不准贩卖的微贱的药品更会杀人；你没有把毒药卖给我，是我把毒药卖给你。再见，买些吃的东西，把你自己喂得胖一点儿。——来，你不是毒药，你是替我解除痛苦的仙丹，我要带着你到朱丽叶的坟上去，少不得要借重你一下哩。（各下）

## 第二场　维洛那。劳伦斯神父的寺院

【约翰神父上。

约翰：喂！师兄在哪里？

【劳伦斯神父上。

劳伦斯：这是约翰师弟的声音。欢迎你从曼多亚回来！罗密欧怎么说？要是他的意思在信里写明，那么把他的信给我吧。

**约翰：** 我在临走的时候，因为要找寻一个同伴，去看一个同门的师弟，他正在这城里访问病人，不料给本地巡逻的人看见了，疑心我们走进了一家染着瘟疫的人家，把门封锁住了，不让我们出来，所以耽误了我的曼多亚之行。

**劳伦斯：** 那么谁把我的信送去给罗密欧了？

**约翰：** 我没有法子把它送出去，现在我又把它带回来了；因为他们害怕瘟疫传染，也没有人愿意把它送还给你。

**劳伦斯：** 糟了！这封信不是等闲，性质十分重要，把它耽误下来，也许会引起极大的灾祸。约翰师弟，你快去给我找一柄铁锄，立刻带到这儿来。

**约翰：** 好师兄，我去给你拿来。（下）

**劳伦斯：** 现在我必须独自到墓地里去；在这三小时之内，朱丽叶就会醒来，她因为罗密欧不曾知道这些事情，一定会责怪我。我现在要再写一封信到曼多亚去，让她留在我的寺院里，直等罗密欧到来。可怜的没有死的尸体，幽闭在一座死人的坟墓里！（下）

## 第三场  同前。凯普莱特家坟茔所在的墓地

【巴里斯及侍童携鲜花、香水及火炬上。

巴里斯：孩子，把你的火把给我，走开，站在远远的地方；还是灭了吧，我不愿给人看见。你去在那边的紫杉树底下直躺下来，把你的耳朵贴着中空的地面，地下挖了许多墓穴，土是松的，要是有踉跄的脚步走到坟地上来，你准听得见；要是听见了什么声息，便吹一个呼哨通知我。把那些花给我。照我的话做去，走吧。

侍童：（旁白）我简直不敢独个儿站在这墓地上，可是我要硬着头皮试一下。（退后）

巴里斯：（将花撒于墓上）这些鲜花替你铺盖新床。

　　　　惨啊，一朵娇红永委沙尘！
　　　　我要用沉痛的热泪淋浪，
　　　　和着香水浇溉你的芳坟；
　　　　夜夜到你墓前散花哀泣，
　　　　这一段相思啊永无消歇！（侍童吹口哨）

这孩子在警告我有人来了。哪一个该死的家伙在晚上到这儿来打扰我在爱人墓前的凭吊？什么！还拿着火把来吗？——让我躲在一旁看看他的动静。（退后）

【罗密欧及鲍尔萨泽持火炬、锄锹等上。

**罗密欧：** 把那锄头跟铁钳给我。且慢，拿着这封信；等天一亮，你就把它送去给我的父亲。把火把给我。听好我的吩咐，无论你听见什么瞧见什么，都只好远远地站着不许动，免得妨碍了我的事情；要是动一动我就要你的命。我所以要跑下这个坟墓里去，一部分的原因是要探望探望我的爱人，可是主要的理由却是要从她的手指上取下一个宝贵的指环，因为我有一个很重要的用途。所以你赶快给我走开吧；要是你不相信我的话，胆敢回来窥伺我的行动，那么，我可以对天发誓，我要把你的骨骼一节一节扯下来，让这饥饿的墓地上散满你的肢体。我现在的心境非常狂野，比饿虎或是咆哮的怒海都要凶猛无情，你可不要惹我性起。

**鲍尔萨泽：** 少爷，我去就是了，决不来打扰您。

**罗密欧：** 这才像个朋友。这些钱给你拿去，（递给鲍尔萨泽一钱包）愿你一生幸福。再会，好朋友。

**鲍尔萨泽：** （旁白）虽然这么说，我还是要躲在附近的地方看着他。他的脸色使我害怕，我不知道他究竟打算做出什么事来。

第五幕　第三场　同前。凯普莱特家坟茔所在的墓地

（退后）

罗密欧：你这可憎的咽喉，死亡的子宫，你吞噬了世间最可口的珍馐。好，我要发个狠，掰开你腐烂的双颚，索性让你吃个够！（将墓门撅开）索性让你再吃一个饱！

巴里斯：这就是那个已经放逐出去的骄横的蒙太古，他杀死了我爱人的表兄，据说她就是因为伤心他的惨死而夭亡的。现在这家伙又要来盗尸发墓了，待我去抓住他。（上前）万恶的蒙太古！停止你的罪恶的工作，难道你杀了他们还不够，还要在死人身上发泄你的仇恨吗？该死的凶徒，赶快束手就擒，跟我见官去！

罗密欧：我果然该死，所以才到这儿来。年轻人，不要激怒一个不顾死活的人，快快离开我走吧；想想这些死了的人，你也该胆寒了。年轻人，请你不要激动我的怒气，使我再犯一次罪。啊，去吧！我可以对天发誓，我爱你远过于爱我自己，因为我来此的目的，就是要跟自己作对。别留在这儿，去吧，好好儿留着你的活命，以后也可以对人家说，是一个疯子发了慈悲，叫你逃走的。

巴里斯：我不听你这种鬼话。你是一个罪犯，我要逮捕你。

罗密欧：你一定要激怒我吗？那么好，来吧，年轻人！（二人格斗）

侍童：哎哟，主啊！他们打起来了，我去叫巡逻的人来！（下）

**巴里斯：** 啊，我死了！（倒下）——你倘有几分仁慈，打开墓门来，把我放在朱丽叶的身旁吧！（死）

**罗密欧：** 好，我愿意成全你的志愿。让我瞧瞧他的脸。啊，迈丘西奥的亲戚，尊贵的巴里斯伯爵！当我们一路上骑马而来的时候，我的仆人曾经对我说过几句话，那时我因为心绪烦乱，没有听得进去。他说些什么？好像他告诉我说巴里斯本来预备娶朱丽叶为妻；他不是这样说吗？还是我做过这样的梦？或者还是我神经错乱，听见他说起朱丽叶的名字，所以发生了这一种幻想？啊！把你的手给我，你我都是登录在厄运的黑册上的人，我要把你葬在一个胜利的坟墓里。一个坟墓吗？啊，不！被杀害的少年，这是一个灯塔，因为朱丽叶睡在这里，她的美貌使这一个墓窟变成一座充满着光明的欢宴的华堂。死了的人，躺在那儿吧，一个死了的人把你安葬了。（将巴里斯放下墓中）人们在临死的时候，往往反会觉得心中愉快，旁观的人便说这是死前的一阵回光返照。啊！这也就是我的回光返照；啊，我的爱人！我的妻子！死虽然已经吸去了你呼吸中的芳蜜，却还没有力量摧残你的美貌；你还没有被他征服，你的嘴唇上、脸庞上，依然呈现着红润的美艳，不曾让灰白的死亡侵占。提伯尔特，你也裹着你的血淋淋的殓衾躺在那儿吗？啊！你的青春葬送在你仇人的手里，现在我来

第五幕　第三场　同前。凯普莱特家坟茔所在的墓地

替你报仇了,我要亲手杀死那杀害你的人。原谅我吧,兄弟!啊!亲爱的朱丽叶,你为什么仍然是这样美丽?难道那虚无的死亡,那枯瘦可憎的妖魔,也是个多情种子,所以把你藏匿在这幽暗的洞府里做他的情妇吗?为了防止这样的事情,我要永远陪伴着你,再不离开这漫漫长夜的幽宫。我要留在这儿,跟你的侍婢,那些蛆虫们在一起。啊!我要在这儿永久安息下来,从我这厌倦人世的凡躯上挣脱厄运的束缚。眼睛,瞧你的最后一眼吧!手臂,做你最后一次的拥抱吧!嘴唇,啊!你呼吸的门户,用一个合法的吻,跟网罗一切的死亡订立一个永久的契约吧!来,苦味的向导,你绝望的领港人,现在赶快把你的厌倦于风涛的船舶向那巉岩上冲撞过去吧!为了我的爱人,我干了这一杯!(饮药)啊!卖药的人果然没有骗我,药性很快地发作了。在这一吻中我死去。(死)

【劳伦斯神父持灯笼、锄锹上。

**劳伦斯:** 圣方济各保佑我!我这双老脚今天晚上怎么老是在坟堆里绊来跌去的!那边是谁?

**鲍尔萨泽:** 是一个朋友,也是一个跟您熟识的人。

**劳伦斯:** 祝福你!告诉我,我的好朋友,那边是什么火把,向蛆虫和没有眼睛的骷髅浪费着它的光明?照我辨认起来,那火把亮着的地方,似乎是凯普莱特家族的坟茔。

127

**鲍尔萨泽：**正是，神父，我的主人。他是您的好朋友，就在那儿。

**劳伦斯：**他是谁？

**鲍尔萨泽：**罗密欧。

**劳伦斯：**他来了多久了？

**鲍尔萨泽：**足足半点钟。

**劳伦斯：**陪我到墓穴里去。

**鲍尔萨泽：**我不敢，神父。我的主人不知道我还没有走。他对我严词恐吓，说要是我留在这儿窥伺他的动静，就要把我杀死。

**劳伦斯：**那么你留在这儿，让我一个人去吧。恐惧临到我的身上。啊！我怕会有什么不幸的祸事发生。

**鲍尔萨泽：**当我在这株紫杉树底下睡了过去的时候，我梦见我的主人跟另外一个人打架，那个人被我的主人杀了。（退后）

**劳伦斯：**罗密欧！（弯身查看血迹和凶器）哎哟！哎哟！这坟墓的石门上染着些什么血迹？在这安静的地方，怎么横放着这两柄无主的血污的刀剑？（进墓）罗密欧！啊，他的脸色这么惨白！还有谁？什么！巴里斯也躺在这儿？浑身浸在血泊里？啊！多么残酷的时辰，造成了这场凄惨的意外！那小姐醒了。（朱丽叶苏醒）

**朱丽叶：**啊，善心的神父！我的夫君呢？我记得很清楚我应当在什么地方，现在我正在这地方。我的罗密欧呢？（内喧声）

**劳伦斯：**我听见有什么声音。小姐，赶快离开这个密布着毒氛腐臭的死亡的巢穴吧；一种我们所不能反抗的力量已经阻挠了我们的计划。来，出去吧。你的丈夫已经在你的怀中死去；巴里斯也死了。来，我可以替你找一处地方出家做尼姑。不要耽误时间盘问我，巡夜的人就要来了。来，朱丽叶，去吧。我不敢再等下去了。（下）

**朱丽叶：**去，你去吧！我不愿意走。这是什么？一只杯子，紧紧地握在我的忠心的爱人的手里？我知道了，一定是毒药结果了他的生命。唉，冤家！你一起喝干了，不留下一滴给我吗？我要吻着你的嘴唇，也许这上面还留着一些毒液，可以让我当作兴奋剂服下而死去。你的嘴唇还是温暖的！

**巡丁甲：**（在内）孩子，带路，在哪一个方向？

**朱丽叶：**啊，人声吗？那么我必须快一点儿了结。啊，好刀子！（攫住罗密欧的匕首）这就是你的鞘子。（以匕首自刺）你插了进去，让我死了吧。（扑在罗密欧身上死去）

【巡丁及巴里斯侍童上。

**侍童：**就是这儿，那火把亮着的地方。

**巡丁甲：**地上都是血。你们几个人去把墓地四周搜查一下，看见什么人就抓起来。（若干巡丁下）好惨！伯爵被人杀了躺在这儿，朱丽叶胸口流着血，身上还是热热的好像死得不久，虽然她已经葬在这里两天了。去，报告亲王，通知凯普莱特家里，再去把蒙太古家里的人也叫醒了，剩下的人到各处搜搜。

（若干巡丁续下）我们看见这些惨事发生在这个地方，可是在没有得到人证以前，却无法明了这些惨事的真相。

【一巡丁率鲍尔萨泽上。

**巡丁乙：** 这是罗密欧的仆人。我们看见他躲在墓地里。

**巡丁甲：** 把他好生看押起来，等亲王来审问。

【另一巡丁率劳伦斯神父上。

**巡丁丙：** 我们看见这个教士从墓地旁边跑出来，神色慌张，一边叹气一边流泪，他手里还拿着锄头、铁锹，都给我们拿下来了。

**巡丁甲：** 他有很重大的嫌疑。把这教士也看押起来。

【亲王率众上。

**亲王：** 什么祸事在这样早的时候发生，打断了我的清晨的安睡？

【凯普莱特和凯普莱特夫人上。

**凯普莱特：** 外边这样乱叫乱喊，是怎么一回事？

**凯普莱特夫人：** 街上的人们有的喊着罗密欧，有的喊着朱丽叶，有的喊着巴里斯；大家沸沸扬扬地向我们家里的坟地奔去。

**亲王：** 这么许多人为什么发出这样惊人的叫喊？

**巡丁甲：** 王爷，巴里斯伯爵被人杀死了躺在这儿；罗密欧也死了；已经死了两天的朱丽叶，身上还热着，又被人重新杀死了。

第五幕　第三场　同前。凯普莱特家坟茔所在的墓地

**亲王：**用心搜寻，把这场万恶的杀人命案的真相调查出来。

**巡丁甲：**这儿有一个教士，还有一个被杀的罗密欧的仆人，他们都拿着掘墓的器具。（凯普莱特夫妇走下墓穴）

**凯普莱特：**天啊！——啊，妻子！瞧我们的女儿流着这么多的血！这把刀弄错了地方了！瞧，它的空鞘子还在蒙太古家小子的背上，它却插进了我的女儿的胸前！

**凯普莱特夫人：**哎哟！这些死的惨象就像惊心动魄的钟声，警告我这风烛残年，不久于人世了。（凯普莱特夫妇走出墓穴）

【蒙太古及余人等上。

**亲王：**来，蒙太古，你起来得虽然很早，可是你的儿子倒下得更早。

**蒙太古：**唉！殿下，我的妻子因为悲伤小儿的远逐，已经在昨天晚上去世了。还有什么祸事要来跟我这老头子作对呢？

**亲王：**瞧吧，你就可以看见。（蒙太古走下墓穴，旋即走出）

**蒙太古：**啊，你这不孝的东西！你怎么可以抢在你父亲的前面自己先钻到坟墓里去呢？

**亲王：**暂时停止你们的悲恸，让我把这些可疑的事实讯问明白，知道了详细的原委以后，再来领导你们放声一哭吧；也许我的悲哀还要远胜过你们呢！——把嫌疑人犯带上来。

**劳伦斯：**时间和地点都可以做不利于我的证人。在这场悲惨的血案中，我虽然是一个能力最薄弱的人，但却是嫌疑最重的人。

我现在站在殿下的面前,一方面是要供认我自己的罪过,一方面也要为我自己辩解。

**亲王:** 那么快把你所知道的一切说出来。

**劳伦斯:** 我要把经过的情形尽简单地叙述出来,因为我短促的残生还不及一段冗繁的故事那么长。死了的罗密欧是死了的朱丽叶的丈夫,她是罗密欧的忠心的妻子,他们的婚礼是由我主持的。就在他们秘密结婚的那天,提伯尔特死于非命,这位才做新郎的人也从这城里被放逐出去;朱丽叶是为了他,不是为了提伯尔特,才那样伤心憔悴的。你们因为要替她解除烦恼,把她许婚给巴里斯伯爵,还要强迫她嫁给他,她就跑来见我,神色慌张地要我替她想个办法避免这第二次的结婚,否则她要在我的寺里自杀。所以我就根据我的医药方面的学识,给她一服安眠的药水;它果然发生了我所预期的效力,她一服下去就像死了一样昏沉过去。同时我写信给罗密欧,叫他就在这一个悲惨的晚上到这儿来,帮助把她搬出她寄寓的坟墓,因为药性一到时候便会过去。可是替我带信的约翰神父却因遭到意外,不能脱身,昨天晚上才把我的信依然带了回来。那时我只好按照着预先算定她醒来的时间,一个人前去把她从她家族的墓茔里带出来,预备把她藏匿在我的寺院里,等有方便再去叫罗密欧来;不料我在她醒来以前几分

第五幕　第三场　同前。凯普莱特家坟茔所在的墓地

钟到这儿来的时候，尊贵的巴里斯和忠诚的罗密欧已经双双惨死了。她一醒过来，我就请她出去，劝她安心忍受这一种出自天意的变故；可是那时我听见了纷纷的人声，吓得我逃出了墓穴，她在万分绝望之中不肯跟我去，看样子她是自杀了。这是我所知道的一切，至于他们两人的结婚，那么她的乳母也是与闻的。要是这一场不幸的惨祸，是由我的疏忽所造成，那么我这条老命愿受最严厉的法律的制裁，请您让它提早几点钟牺牲了吧。

**亲王：** 我一向知道你是一个道行高尚的人。罗密欧的仆人呢？他有些什么话说？

**鲍尔萨泽：** 我把朱丽叶的死讯通知了我的主人，因此他从曼多亚急急地赶到这里，到了这座坟茔的前面。这封信他叫我一早送去给我家老爷；当他走进墓穴里的时候，他还恐吓我，说要是我不赶快走开让他一个人在那儿，他就要杀死我。

**亲王：** 把那信给我，我要看看。叫巡丁来的那个伯爵的童仆呢？喂，你的主人到这地方来做什么？

**侍童：** 他带了花来散在他夫人的坟上，他叫我站得远远的，我就听了他的话；不一会儿，来了一个拿着火把的人把坟墓打开了。后来我的主人就拔剑跟他打了起来，我就奔去叫巡丁来。

**亲王：** 这封信证实了这个神父的话，讲起他们恋爱的经过，和她

的去世的消息；他还说他从一个穷苦的卖药人手里买到一种毒药，要把它带到墓穴里来准备和朱丽叶长眠在一起。这两家仇人在哪里？——凯普莱特！蒙太古！瞧你们的仇恨已经受到了多大的惩罚，上天借手于爱情，夺去了你们心爱的人；我为了忽视你们的争执，也已经丧失了一双亲戚，大家都受到惩罚了。

**凯普莱特：** 啊，蒙太古大哥！把你的手给我；这就是你给我女儿的一份聘礼，我不能再做更大的要求了。

**蒙太古：** 但是我可以给你更多的。我要用纯金替她铸一座像，只要维洛那一天不改变它的名称，任何塑像都不会比忠贞的朱丽叶那一座更为卓越超群。

**凯普莱特：** 罗密欧也要有一座同样富丽的金像卧在他情人的身旁，这两个在我们的仇恨下惨遭牺牲的可怜的人儿！

**亲王：** 　　清晨带来了凄凉的和解，
　　　　太阳也惨得在云中躲闪。
　　　　大家先回去发几声感慨，
　　　　该恕的该罚的再听宣判。
　　　　古往今来多少离合悲欢，
　　　　谁曾见这样哀怨辛酸！

（同下）

# 仲夏夜之梦

# 剧中人物

忒修斯：雅典公爵

伊吉斯：赫米娅之父

拉山德、狄米特律斯：同恋赫米娅

菲劳斯特莱特：掌戏乐之官

昆斯：木匠、戏中戏饰念开场白之人

波顿：织工、戏中戏饰皮拉摩斯

斯纳格：细工木匠、戏中戏饰狮子

弗鲁特：修风箱者、戏中戏饰提斯柏

斯诺特：补锅匠、戏中戏饰墙

斯塔弗林：裁缝、戏中戏饰月光

希波吕忒：阿玛宗女王、忒修斯之未婚妻

赫米娅：伊吉斯之女、恋拉山德

海伦娜：恋狄米特律斯

奥布朗：仙王

提泰妮娅：仙后

迫克：又名好汉罗宾

豆花、蛛网、飞蛾、芥子：小神仙

其他侍奉仙王、仙后的神仙们

忒修斯及希波吕忒的侍从

# 地点

雅典及附近的一座森林

# 第一幕

## 第一场  雅典。忒修斯宫中

【忒修斯、希波吕忒、菲劳斯特莱特及其他人等上。

**忒修斯：** 美丽的希波吕忒，现在我们的婚期已快要临近了，再过四天幸福的日子，新月便将出来。但是，唉！这个旧的月亮消逝得多么慢，她耽延了我的希望，像一个老而不死的后母或寡妇，尽是消耗着年轻人的财产。

**希波吕忒：** 四个白昼很快地便将成为黑夜，四个黑夜很快地可以在梦中消度过去，那时月亮便将像新弯的银弓一样，在天上临视我们的良宵。

**忒修斯：** 去，菲劳斯特莱特，激起雅典青年们的欢笑的心情，唤醒活泼泼的快乐精神，把忧愁驱到坟墓里去：那个脸色惨白的家伙，是不应该让他参加在我们的结婚行列中的。（菲劳斯特莱特下）希波吕忒，我用我的剑向你求婚，用威力的侵凌赢得了你的芳心；但这次我要换一个调子，我将用豪华、夸耀和狂欢来举行我们的婚礼。

【伊吉斯、其女赫米娅、拉山德、狄米特律斯上。

**伊吉斯：** 威名远播的忒修斯公爵，祝您幸福！

**忒修斯：** 谢谢你，善良的伊吉斯。你有什么事情？

**伊吉斯：** 我怀着满心的气恼，来控诉我的孩子，我的女儿赫米娅。走上前来，狄米特律斯。殿下，这个人是我答应叫他娶她的。走上前来，拉山德。殿下，这个人引诱坏了我的孩子。你，你，拉山德，你写诗句给我的孩子，和她交换着爱情的纪念物；在月夜她的窗前你用做作的声调歌唱着假作多情的诗篇；你用头发编成的手镯、戒指，虚华的饰物，琐碎的玩具、花束、糖果，这些可以强烈地骗诱一个稚嫩的少女之心的信使来偷得她的痴情；你用诡计盗取了她的心，煽惑她使她对我的顺从变成倔强的顽抗。殿下，假如她现在当着您的面仍旧不肯嫁给狄米特律斯，我就要要求雅典自古相传的权利，因为她是我的女儿，我可以随意处置她；按照我们的法律，她要是不嫁给这位绅士，便应当立即处死。

**忒修斯：** 你有什么话说，赫米娅？当心一点儿吧，美貌的女郎！你的父亲对于你应当是一尊神明：你的美貌是他给予你的，你就像他在软蜡上按下的钤记，他可以保全你，也可以毁灭你。

狄米特律斯是一个很好的绅士呢。

**赫米娅：** 拉山德也很好啊。

**忒修斯：** 以他的本身而论当然不用说；但要是做你的丈夫，他不能得到你父亲的同意，就比起来差一筹了。

**赫米娅：** 我真希望我的父亲和我同样看法。

**忒修斯：** 实在还是应该你依从你父亲的眼光才对。

**赫米娅：** 请殿下宽恕我！我不知道什么一种力量使我如此大胆，也不知道在这里披诉我的心思将会怎样影响到我的美名；但是我要敬问殿下，要是我拒绝嫁给狄米特律斯，就会有什么最恶的命运临到我的头上？

**忒修斯：** 不是受死刑，便是永远和男人隔绝。因此，美丽的赫米娅，仔细问一问你自己的心愿吧！考虑一下你的青春，好好地估量一下你血脉中的搏动；倘然不肯服从你父亲的选择，想想看能不能披上尼姑的道服，终生幽闭在阴沉的庵院中，向着凄凉寂寞的明月唱着黯淡的圣歌，做一个孤寂的修道女了此一生？她们能这样抑制了热情，到老保持处女的贞洁，自然应当格外受到上天的眷宠；但是结婚的女子如同被采下炼制过的玫瑰，香气留存不散，比之孤独地自开自谢、奄然朽腐的花儿，以尘俗的眼光看来，总是要幸福得多了。

**赫米娅：** 就让我这样自开自谢吧，殿下，我也不愿意把我的贞操奉献给我的心所不服的人。

**忒修斯：** 回去仔细考虑一下。等到新月初生的时候——我和我的爱人缔结永久婚约的那天——你便当决定，倘不是因为违抗你父亲的意志而准备一死，便是听从他而嫁给狄米特律斯；否则就得在狄安娜的神坛前立誓严守戒律，终身不嫁。

**狄米特律斯：** 悔悟吧，可爱的赫米娅！拉山德，放弃你那无益的要求，不要再跟我的确定的权利抗争了吧！

**拉山德：** 你已经得到她父亲的爱，狄米特律斯，让我保有着赫米娅的爱吧；你去跟她的父亲结婚好了。

**伊吉斯：** 无礼的拉山德！一点儿不错，我欢喜他，我愿意把属于我所有的给他；她是我的，我要把我在她身上的一切权利都授给狄米特律斯。

**拉山德：** 殿下，我和他一样好的出身；我和他一样有钱；我的爱情比他深得多。我的财产即使不比狄米特律斯更多，也绝不会比他少；比起这些来更值得夸耀的是，美丽的赫米娅爱的是我。那么为什么我不能享有我的权利呢？讲到狄米特律斯，我可以当他的面前宣布，曾经向奈达的女儿海伦娜调过情，把她勾上了手；这位可爱的女郎痴心地恋着他，像崇拜偶像一样地恋着这个缺德的负心汉。

**忒修斯：** 的确我也听到过不少闲话，曾经想和狄米特律斯谈起；

但是因为自己的事情太多，所以忘了。来，狄米特律斯；来，伊吉斯；你们两人跟我来，我有些私人的话要对你们说。你，美丽的赫米娅，好好准备着依从你父亲的意志，否则雅典的法律将要把你处死，或者使你宣誓独身；我们没有法子变更这条法律。来，希波吕忒，怎样，我的爱人？狄米特律斯和伊吉斯，走吧；我必须差你们为我们的婚礼办些事务，还要跟你们商量一些和你们有点儿关系的事。

**伊吉斯：** 我们岂敢不欣然跟从殿下。（除拉山德、赫米娅外，均下）

**拉山德：** 怎么啦，我的爱人！为什么你的脸颊这样惨白？你脸上的蔷薇怎么会凋谢得这样快？

**赫米娅：** 多半是因为缺少雨露，但我眼中的泪涛可以灌溉它们。

**拉山德：** 唉！从我所能在书上读到、在传说或历史中听到的，真爱情的道路永远是崎岖多阻；不是因为血统的差异——

**赫米娅：** 不幸啊，尊贵的要向微贱者屈节臣服！

**拉山德：** 便是因为年龄上的悬殊——

**赫米娅：** 可憎啊，年老的要和年轻人发生关系！

**拉山德：** 或者因为信从了亲友们的选择——

**赫米娅：** 倒霉啊，选择爱人要依赖他人的眼光！

**拉山德：** 或者，即使彼此两情悦服，但战争、死亡或疾病却侵害着它，使它像一个声音、一片影子、一段梦、一阵黑夜中的闪电那样短促,在一刹那间它展现了天堂和地狱,但还来不及说一声"瞧啊!"黑暗早已张开口把它吞噬了。光明的事物,总是那样很快地变成了混沌。

**赫米娅:** 既然真心的恋人们永远要受到磨折,似乎是一条命运的定律,那么让我们练习着忍耐吧;因为这种磨折,正和忆念、幻梦、叹息、希望和哭泣一样,都是可怜的爱情缺不了的随从者。

**拉山德:** 你说得很对。听我吧,赫米娅。我有一个寡居的伯母,很有钱,没有儿女,她看待我就像亲生的独子一样。她的家离开雅典二十里路。温柔的赫米娅,我可以在那边和你结婚,雅典法律的利爪不能追及我们。要是你爱我,请你在明天晚上溜出你父亲的屋子,走到郊外三里路那地方的森林里,我就是在那边遇见你和海伦娜一同过五月节的,我将在那边等你。

**赫米娅:** 我的好拉山德!凭着丘必特的最坚强的弓,凭着他的金镞的箭,凭着维纳斯的鸽子的纯洁,凭着那结合灵魂、护佑爱情的神力,凭着古代迦太基女王焚身的烈火,当她看见她那负心的特洛亚人扬帆而去的时候,凭着一切男子所毁弃的约誓——那数目是远超过于女子所曾说过的,我发誓明天一定会到你所指定的那地方和你相会。

**拉山德：**愿你不要失约，爱人。瞧，海伦娜来了。

【海伦娜上。

**赫米娅：**上帝保佑美丽的海伦娜！你到哪里去？

**海伦娜：**你称我美丽吗？请你把那两个字收回了吧！狄米特律斯爱着你的美丽。幸福的美丽啊！你的眼睛是两颗明星，你的甜蜜的声音比之小麦青青、山楂蓓蕾时节牧人耳中的云雀之歌还要动听。疾病是能染人的，唉，要是美貌也能传染的话，美丽的赫米娅，我但愿染上你的美丽：我要用我的耳朵捕获你的声音，用我的眼睛捕获你的注视，用我的舌头捕获你那柔美的旋律。要是除了狄米特律斯之外，整个世界都是属于我所有，我愿意把一切捐弃，但求化身为你。啊！教给我，你怎样流转你的眼波，用怎么一种魔术操纵着狄米特律斯的心？

**赫米娅：**我向他皱着眉头，但是他仍旧爱我。

**海伦娜：**唉，要是你的颦蹙能把那种本领传授给我的微笑就好了！

**赫米娅：**我给他咒骂，但他给我爱情。

**海伦娜：**唉，要是我的祈祷也能这样引动他的爱情就好了！

**赫米娅：**我越是恨他，他越是跟随着我。

**海伦娜：**我越是爱他，他越是讨厌我。

**赫米娅：**海伦娜，他的傻并不是我的错。

**海伦娜：** 但那是你的美貌的错处；要是那错处是我的就好了！

**赫米娅：** 宽心吧，他不会再见我的脸了；拉山德和我将要逃开此地。在我不曾遇见拉山德之前，雅典对于我就像是一座天堂；啊，有怎样一种神奇在我的爱人身上，使他能把天堂变成一座地狱！

**拉山德：** 海伦娜，我们不愿瞒你。明天夜里，当月亮在镜波中反映她的银色的容颜，晶莹的露珠点缀在草叶尖上的时候——那往往是情奔最适当的时候，我们预备溜出雅典的城门。

**赫米娅：** 我的拉山德和我将要会集在林中，就是你我常常在那边淡雅的樱草花的花坛上躺着彼此吐露柔情衷曲的所在，从那里我们便将离别雅典，去访寻新的朋友，和陌生人做伴了。再会吧，亲爱的游侣！请你为我们祈祷。愿你重新得到狄米特律斯的心！不要失约，拉山德，我们现在必须暂时忍受一下离别的痛苦，到明晚夜深时再见面吧！

**拉山德：** 一定的，我的赫米娅。（赫米娅下）海伦娜，别了，如同你恋着他一样，但愿狄米特律斯也恋着你！（下）

**海伦娜：** 有些人比起其他的人来是多么幸福！在全雅典大家都以为我跟她一样美，但那有什么相干呢？狄米特律斯是不以为如此的。除了他一个人之外大家都知道的事情，他不会知道。正如他那样错误地迷恋着赫米娅的秋波一样，我也是只知道爱慕他的才智；一切卑劣的弱点，在恋爱中都成为无足轻重，而变成美满和庄严。爱情是不用眼睛而用心灵看的，因此生着翅膀的丘必特常被描成盲目；而且爱情的判断全然没有理性，只用翅膀不用眼睛，表现出鲁莽的急性，因此爱神便据说是一个孩儿，因为在选择方面他常会弄错。正如顽皮的孩子惯爱发假誓一样，司爱情的小儿也到处赌着口不应心的咒。狄米特律斯在没有看见赫米娅之前，他也曾像冰雹一样发着誓，说他是完全属于我的；但这阵冰雹感到一丝赫米娅身上的热力，便融解了，无数的誓言都化为乌有。我要去告诉他美丽的赫米娅的出奔；他知道了以后，明夜一定会到林中去追寻她。如果为着这次的通报消息，我能得到一些酬谢，我的代价也一定不小；但我的目的是要补报我的苦痛，使我能再一次聆接他的音容。（下）

## 第二场　同前。昆斯家中

【昆斯、斯纳格、波顿、弗鲁特、斯诺特、斯塔弗林上。

**昆斯：** 咱们一伙人都到了吗？

**波顿：** 你最好照着名单一个儿一个儿地点一下名。

**昆斯：** 这儿是每个人名字都在上头的名单，整个雅典都承认，在公爵跟公爵夫人结婚那晚上，在他们面前扮演咱们这一出插戏，这张名单上的弟兄们是再合适也没有的了。

**波顿：** 第一，好彼得·昆斯，说出来这出戏讲的是什么，然后再把扮戏的人名字念出来，好有个头绪。

**昆斯：** 好。咱们的戏名是《最可悲的喜剧，以及皮拉摩斯和提斯柏的最残酷的死》。

**波顿：** 那一定是篇出色的东西，咱可以担保，而且是挺有趣的。现在，好彼得·昆斯，照着名单把你的角儿们的名字念出来吧。列位，大家站开。

**昆斯：** 咱一叫谁的名字，谁就答应。尼克·波顿，织布的。

**波顿：** 有。先说咱应该扮哪一个角儿，然后再挨次叫下去。

**昆斯：**你，尼克·波顿，派着扮皮拉摩斯。

**波顿：**皮拉摩斯是谁呀？一个情郎呢，还是一个霸王？

**昆斯：**是一个情郎，为着爱情的缘故，他挺勇敢地把自己毁了。

**波顿：**要是演得活灵活现，那准可以引人掉下几滴泪来。要是咱演起来的话，让看客们大家留心着自个儿的眼睛吧。咱一定把戏文念得凄凄惨惨，管保风云失色。把其余的人叫下去吧。但是扮霸王挺适合咱的胃口。咱会把赫拉克勒斯扮得非常好，或者什么大花脸的角色，管保吓破人的胆。

山岳狂怒的震动，

裂开了牢狱的门；

太阳在远方高耸，

慑服了神灵的魂。

**波顿：**那真是了不得！现在把其余的名字念下去吧。这是赫拉克勒斯的神气，霸王的神气；情郎还得忧愁一点儿。

**昆斯：**弗朗西斯·弗鲁特，修风箱的。

**弗鲁特：**有，彼得·昆斯。

**昆斯：**你得扮提斯柏。

**弗鲁特：**提斯柏是谁呀？一个游侠吗？

**昆斯：** 那是皮拉摩斯必须爱上的姑娘。

**弗鲁特：** 噢，真的，别叫咱扮一个娘儿们。咱的胡子已经长起来啦。

**昆斯：** 那没有问题。你得套上面具扮演，你可以尖着嗓子说话。

**波顿：** 咱也可以把面孔罩住，提斯柏也给咱扮了吧。咱会细声细气地说话，"提斯妮！提斯妮！""啊呀！皮拉摩斯，奴的情哥哥，是你的提斯柏，你的亲亲爱爱的姑娘！"

**昆斯：** 不行，不行，你必须扮皮拉摩斯。弗鲁特，你必须扮提斯柏。

**波顿：** 好吧，叫下去。

**昆斯：** 罗宾·斯塔弗林，当裁缝的。

**斯塔弗林：** 有，彼得·昆斯。

**昆斯：** 罗宾·斯塔弗林，你扮提斯柏的母亲。汤姆·斯诺特，补锅子的。

**斯诺特：** 有，彼得·昆斯。

**昆斯：** 你扮皮拉摩斯的爸爸；咱自己扮提斯柏的爸爸；斯纳格，做细木工的，你扮一只狮子。咱想这本戏就此支配好了。

**斯纳格：** 你有没有把狮子的台词写下？要是有的话，请你给我，因为我记性不大好。

**昆斯：** 你不用预备，你只要嚷嚷就算了。

**波顿：** 让咱也扮狮子吧。咱会嚷嚷，叫每一个人听见了都非常高兴；咱会嚷着嚷着，连公爵都传下谕旨来说："让他再嚷下去吧！让他再嚷下去吧！"

昆斯：你要嚷得那么可怕，吓坏了公爵夫人和各位太太小姐们，吓得她们尖声叫起来，那准可以把咱们一起给吊死了。众人那准会把咱们一起给吊死，每一个母亲的儿子都逃不了。

波顿：朋友们，你们说得很是。要是你把太太们吓昏了头，她们一定会不顾三七二十一把咱们给吊死。但是咱可以把声音压得高一些，不，提得低一些。咱会嚷得就像只吃奶的小鸽子那么温柔，就像一只夜莺。

昆斯：你只能扮皮拉摩斯，因为皮拉摩斯是一个讨人欢喜的小白脸儿，一个体面人，就像你可以在夏天看到的那种人；他又是一个可爱的堂堂绅士模样的人；因此你必须扮皮拉摩斯。

波顿：行，咱就扮皮拉摩斯。顶好咱挂什么须？

昆斯：那随你便吧。

波顿：咱可以挂你那稻草色的须，你那橙黄色的须，你那紫红色的须，或者你那法国金洋钱色的须，纯黄色的须。

昆斯：要是染上了法国风流病可就会掉光了须，这下你就得光着脸蛋儿演啦。列位，这儿是你们的台词。咱请求你们，恳求你们，要求你们，在明儿夜里念熟，趁着月光，在郊外一里路地方的禁林里咱们碰头。在那边咱们要练习练习，因为要是咱们在城里练习，就会有人跟着咱们，咱们的玩意儿就要

151

泄露出去。同时咱要开一张咱们演戏所需要的东西的单子。请你们大家不要误事。

**波顿：** 咱们一定在那边碰头。咱们在那里排练起来，可以厚颜无耻一点儿，可以堂堂正正一点儿。大家辛苦干一下，要干得非常好。再会吧。

**昆斯：** 咱们在公爵的橡树底下再见。

**波顿：** 好了，可不许失约。（同下）

# 第 二 幕

## 第一场　雅典附近的森林

【一小仙及迫克自相对方向上。

迫克：喂，精灵！你漂流到哪里去？

小仙：
越过了溪谷和山陵，

穿过了荆棘和丛薮，

越过了围场和园庭，

穿过了激流和爝火：

我在各地漂游流浪，

轻快得像是月亮光。

我给仙后奔走服务，

草环上缀满轻轻露。

亭亭的莲馨花是她的近侍，

黄金的衣上饰着点点斑痣。

那些是仙人们投赠的红玉，

中藏着一缕缕的芳香馥郁。

我要在这里访寻几滴露水，

给每朵花挂上珍珠的耳坠。

再会，再会吧，你粗野的精灵！

因为仙后的大驾快要来临。

**迫克：** 今夜大王在这里大开欢宴，

千万不要让他俩彼此相见。

奥布朗的脾气可不是顶好，

为着王后的固执十分着恼。

她偷到了一个印度小王子，

就像心肝一样怜爱和珍视。

奥布朗看见了有些儿眼红，

想要把他充作自己的侍童。

可是她哪里便肯把他割爱，

满头花朵她为他亲手插戴。

从此林中、草上、泉畔和月下，

他们一见面便要破口相骂。

小妖们往往吓得胆战心慌，

没命地钻进橡实中间躲藏。

小仙：要是我没有把你认错，你大概便是名叫罗宾好人儿的、狡狯的、淘气的精灵了。你就是惯爱吓唬乡村的女郎，在人家的牛乳上撮去了乳脂，使那气喘吁吁的主妇整天也搅不出奶油来；有时你暗中替人家磨谷，有时弄坏了酒使它不能发酵。夜里走路的人，你把他们引入了迷途，自己却躲在一旁窃笑；谁叫你"大仙"或是"好迫克"的，你就给他幸运，帮他作工。那就是你吗？

迫克：仙人，你说得正是；我就是那个快活的夜游者。我在奥布朗跟前想出种种笑话来逗他发笑，看见一头肥胖精壮的马儿，我就学着雌马的嘶声把它迷昏了头；有时我化作一颗焙熟的野苹果，躲在老太婆的酒碗里，等她举起碗想喝的时候，我就啪地弹到她嘴唇上，把一碗麦酒都倒在她那皱瘪的喉皮上；有时我化作三脚的凳子，满肚皮人情世故的婶婶刚要坐下来讲她那感伤的故事，我便从她的屁股底下滑走，把她翻了一个大元宝，一头喊"好家伙！"一头咳呛个不住，于是周围的大家笑得前仰后合。他们越想越好笑，鼻涕眼泪都笑了出来，发誓说从来不曾逢到过比这更有趣的事。但是让开路来，仙人，奥布朗来了。

小仙：娘娘也来了。他要是走开了才好！

【奥布朗及提泰妮娅各带侍从，自相对方向上。

**奥布朗：** 真不巧又在月光下碰见你，骄傲的提泰妮娅！

**提泰妮娅：** 嘿，嫉妒的奥布朗！神仙们，快快走开；我已经发誓不和他同游同寝了。

**奥布朗：** 等一等，坏脾气的女人！我不是你的夫君吗？

**提泰妮娅：** 那么我也一定是你的夫人了。但是你从前溜出了仙境，扮作牧人的样子，整天吹着麦笛，向风骚的牧女调情，这种事我全知道。今番你为什么要从迢迢的印度平原上赶到这里来呢？无非是为着那位高傲的阿玛宗女王，你的勇武的爱人，要嫁给忒修斯了，所以你得赶来祝他们床笫欢愉、早生贵子。

**奥布朗：** 你怎么好意思说出这种话来，提泰妮娅，把我的名字和希波吕忒牵涉在一起诬蔑我？你自己知道你和忒修斯的私情瞒不过我。不是你在朦胧的夜里引导他离开被他所俘掠的佩丽古娜？不是你使他负心地遗弃了美丽的伊葛梨、爱丽亚邓和安提奥巴？

**提泰妮娅：** 这些都是因为嫉妒而捏造出来的谎话。自从仲夏之初，我们每次在山上、谷中、树林里、草场上、细石铺底的泉旁，或是海滨的沙滩上聚集，预备和着鸣啸的风声跳环舞的时候，总是要被你吵断了我们的兴致。风因为我们不理会他的吹奏，生了气，便从海中吸起了毒雾。毒雾化成瘴雨下降地上，使每一条小小的溪河都耀武扬威地泛滥到岸上；因此牛儿白白牵着轭,农夫枉费了他的血汗,青青的嫩禾还没有长上芒须,便朽烂了。空了的羊栏露出在一片汪洋的田中,乌鸦饱啖着瘟死了的羊群的尸体。跳舞作乐的草坪满是泥泞,杂草丛生的小径因为无人行走,已经难以辨清。人们在五月天得穿着冬日的衣袄,晚上再听不到欢乐的颂歌。执掌潮汐的月亮,因为再也听不见夜间颂神的歌声,气得脸孔发白,在空气中播满了湿气,一沾染上身就要使人害风湿症。因为天时不正,季候也反了常:白头的寒霜倾倒在红颜的蔷薇的怀里,年迈的冬神薄薄的冰冠上,却嘲讽似的缀上了夏天芬芳的蓓蕾的花环。春季、夏季、丰收的秋季、暴怒的冬季,都改换了他们素来的装束,惊愕的世界不能再从他们的出产上辨别出谁是谁来。这都因为我们的不和所致,我们是一切灾祸的根源。

**奥布朗:** 那么你就该设法补救,这全然在你的手中。为什么提泰妮娅要违拗她的奥布朗呢?我所要求的,不过是一个小小的换儿做我的侍童罢了。

**提泰妮娅:** 请你死了心吧,整个仙境也不能从我手里换得这个孩子。他的母亲是我神坛前的一个信徒,在芬芳的印度的夜晚,她常常在我身旁闲谈,陪我坐在海神的黄沙上,凝望着水面的商船。我们一起笑着那些船帆因狂荡的风而怀孕,一个个凸起了肚皮;她那时正也怀孕着这个小宝贝,便学着船帆的样子,美妙而轻快地凌风而行，为我往岸上寻取各种杂物，回来时就像航海而归，带来了无数的商品。但她因为是一个凡人，所以在产下这孩子时便死了。为着她的缘故我才抚养她的孩子，也为着她的缘故我不愿舍弃他。

**奥布朗：** 你预备在这林中耽搁多少时候？

**提泰妮娅：** 也许要到忒修斯的婚礼以后。要是你肯耐心地和我们一起跳舞，看看我们月光下的游戏，那么跟我们一块儿走吧；不然的话，请你不要见我，我也决不到你的地方来。

**奥布朗：** 把那个孩子给我，我就和你一块儿走。

**提泰妮娅：** 把你的仙国跟我调换都别想。小仙们，去吧！要是我再多留一刻，我们就要吵起来了。（率侍从等下）

**奥布朗：** 好，去你的吧！为着这次的侮辱，我一定要在你离开这座林子之前给你一些惩罚。我的好迫克，过来。你记不记得有一次我坐在一个海岬上，望见一个美人鱼骑在海豚的背上，她的歌声是这样婉转而谐美，镇静了狂暴的怒海，好几个星星都疯狂地跳出了他们的轨道，为要听这海女的音乐？

**迫克：** 我记得。

**奥布朗：** 就在那个时候，你看不见，但我能看见持着弓箭的丘必特在冷月和地球之间飞翔；他瞄准了坐在西方宝座上的一个童贞女，很灵巧地从他的弓上射出他的爱情之箭，好像它能刺透十万颗心的样子。可是只见小丘必特的火箭在如水的冷洁的月光中熄灭，那位童贞的女王心中一尘不染，在纯洁的思念中安然无恙。我所看见的那支箭却落下在西方一朵小小的花上，本来是乳白色的，现在已因爱情的创伤而被染成紫色，少女们把它称作"爱懒花"。去给我把那花采来。我曾经给你看过它的样子。它的汁液如果滴在睡着的人的眼皮上，无论男女，醒来一眼看见什么生物，都会发疯似的对它恋爱。给我采这种药来。在鲸鱼还不曾游过三里路之前，必须回来复命。

**迫克：** 我可以在四十分钟内环绕世界一周。（下）

**奥布朗：** 这种花汁一到了手，我便留心着等提泰妮娅睡了的时候把它滴在她的眼皮上，她一醒来第一眼所看见的东西，无论是狮子也好，熊也好，狼也好，公牛也好，或者好事的猕猴、忙碌的无尾猿也好，她都会用最强烈的爱情追求它。我可以用另一种草解去这种魔力，但第一我先要叫她把那个孩子让给我。可是谁到这儿来啦？他们看不见我，让我听听他们的谈话。

【狄米特律斯上，海伦娜随其后。

**狄米特律斯：** 我不爱你，别跟着我。拉山德和美丽的赫米娅在哪儿？我要把拉山德杀死，但我的命却悬在赫米娅手中。你对我说他们私奔到这座林子里，因此我赶到这儿来。可是因为遇不见我的赫米娅，我简直要发疯啦。滚开！快走，不许再跟着我！

**海伦娜：** 是你吸引我跟着你的，你这硬心肠的磁石！可是你所吸的却不是铁，因为我的心像钢一样坚贞。要是你去掉你的吸引力，那么我也将没有力量再跟着你了。

**狄米特律斯：** 是我引诱你吗？我曾经向你说过好话吗？我不是曾经明明白白地告诉过你，我不爱你而且也不能爱你吗？

**海伦娜：** 即使那样，也只是使我爱你爱得更加厉害。我是你的一条狗，狄米特律斯，你越是打我，我越是讨好你。请你就像对待你的狗一样对待我吧，踢我、打我、冷淡我、不理我，都好，只容许我跟随着你，虽然我是这么不好。在你的爱情里我要求的地位难道比一条狗还不如吗？但那对于我已经是十分可贵了。

**狄米特律斯：** 不要过分惹起我的厌恨吧，我一看见你就头痛。

**海伦娜：** 可是我不看见你就心痛。

**狄米特律斯：** 你太不顾你自己的体面，擅自离开城中，把你自己交托在一个不爱你的人手里；你也不想想你的贞操多么值钱，就在黑夜中这么一个荒凉的所在，盲目地听从着不可知的命运。

**海伦娜：** 你使我能够安心；因为当我看见你脸孔的时候，黑夜也变成了白昼，因此我并不觉得现在是在夜里。你在我的眼光里是一切的世界，因此在这座林中我也不愁缺少伴侣：要是一切的世界都在这儿瞧着我，我怎么还是单身独自的呢？

**狄米特律斯：** 我要逃开你，躲在丛林之中，任凭野兽把你怎样处置。

**海伦娜：** 最凶恶的野兽也不像你那样残酷。你要逃开我就逃开吧。从此以后，古来的故事要改过了：逃走的是阿波罗，追赶的是达芙妮；鸽子追逐着鹰隼；温柔的牝鹿追捕着猛虎；然而弱者追求勇者，结果总是徒劳无益的。

**狄米特律斯：** 我不高兴听你再唠叨下去。让我去吧，要是你再跟着我，相信我，在这座林中你要被我欺负的。

**海伦娜：** 嗯，在寺庙中，在市镇上，在乡野里，你到处都欺负我。唉，狄米特律斯！你对我的虐待已经使我们女子蒙上了耻辱。我们是不会像男人一样为爱情而争斗的，我们应该被人家求爱，而不是向人家求爱。（狄米特律斯下）我要立意跟随你。我愿死在我所深爱的人的手中，好让地狱化为天宫。（下）

**奥布朗：** 再会吧，女郎！不等他走出这座森林，你将逃避他，他将追求你。

【迫克重上。

**奥布朗：** 你已经把花采来了吗？欢迎啊，浪游者！

**迫克：** 是的，它就在这儿。

**奥布朗：** 请你把它给我。我知道一处茴香盛开的水滩，

长满着樱草和盈盈的紫罗兰，

馥郁的金银花，香泽的野蔷薇，

漫天张起了一幅芬芳的锦帷。

有时提泰妮娅在群花中酣醉，

柔舞清歌低低地抚着她安睡。

在那里蛇儿蜕下斑斓的旧皮，

小精灵拾来当作合身的彩衣。

我要洒一点儿花汁在她的眼上，

让她充满了各种可憎的幻象。

　其余的你带了去在林中访寻

一个娇好的少女见弃于情人。

倘见那薄幸的青年在她近前，

就把它轻轻地点上他的眼边。

他的身上穿着雅典人的装束，

你须仔细辨认清楚不许弄错。

小心地执行着我谆谆的吩咐，

让他无限的柔情都向她倾吐。

等第一声雄鸡啼时我们再见。

**迫克：** 放心吧，主人，一切如你的意念。（各下）

## 第二场　林中另一处

【提泰妮娅及侍从等上。

**提泰妮娅：** 来，跳一回舞，唱一曲神仙歌，然后在一分钟内余下来的三分之一的时间里，大家散开去；有的去杀死麝香玫瑰嫩苞中的蛀虫；有的去和蝙蝠作战，剥下它们的翼革来为我的小妖儿们做外衣；其余的人去赶逐每夜啼叫、看见我们这些伶俐的小精灵们而惊骇的猫头鹰。现在唱歌给我催眠吧。唱罢之后，大家各做各的事，让我休息一会儿。

**小仙们：** 　　两舌的花蛇，多刺的猬，

　　　　　　不要打扰着她的安睡；

　　　　　　蝶螈和蜥蜴不要行近，

　　　　　　仔细毒害了她的宁静。

　　　　　　夜莺，鼓起你的清弦，

　　　　　　为我们唱一曲催眠：

　　　　睡啦，睡啦，睡睡吧！睡啦，睡啦，睡睡吧！

　　　　　　一切害物远走高扬，

不会行近她的身旁；

晚安，睡睡吧！

织网的蜘蛛，不要过来；

长脚的蛛儿，快快走开！

黑背的蜣螂，不许走近；

不许莽撞，蜗牛和蚯蚓。

夜莺，鼓起你的清弦，

为我们唱一曲催眠：

睡啦，睡啦，睡睡吧！睡啦，睡啦，睡睡吧！

一切害物远走高扬，

不会行近她的身旁；

晚安，睡睡吧！（提泰妮娅睡）

一小仙：去吧！现在一切都已完成，只需留着一个人做哨兵。（众小仙下）

【奥布朗上，挤花汁滴提泰妮娅眼皮上。

奥布朗： 等你眼睛一睁开，

你就看见你的爱，

为他担起相思债。

山猫、豹子、大狗熊，

野猪身上毛蓬蓬。

## 第二幕 第二场 林中另一处

等你醒来一看见,

芳心可可为他恋。(下)

【拉山德及赫米娅上。

**拉山德:** 好人,你在林中跋涉着,疲乏得快要昏倒了。说老实话,我已经忘记了我们的路。要是你同意,赫米娅,让我们休息一下,等待天亮再说吧。

**赫米娅:** 就照你的意思吧,拉山德。你去给你自己找一处睡眠的地方,因为我要在这水滨好好躺躺。

**拉山德:** 一块草地可以做我们两人枕首的地方;两个胸膛一条心,应该合睡一个眠床。

**赫米娅:** 哎,不要,亲爱的拉山德;为着我的缘故,我的亲亲,再躺远一些,不要挨得那么近。

**拉山德:** 啊,爱人!不要误会了我的无邪的本意,恋人们是应该明白彼此所说的话的。我是说我的心和你的心联结在一起,已经打成一片分不开来。两个心胸彼此用盟誓联系,共有着一片的忠贞。因此不要拒绝我睡在你的身旁,赫米娅,我一点儿没有坏心肠。

**赫米娅:** 拉山德真会说话。要是赫米娅疑心拉山德有坏心肠,愿她从此不能堂堂做人。但是好朋友,为着爱情和礼貌的缘故,请睡得远一些。在人间的礼法上,这样的隔分对于束身自好的未婚男女，是最为合适的。这么远就行了。晚安，亲爱的朋友！愿爱情永无更改，直到你生命的尽头！

**拉山德：**依着你那祈祷我应和着阿门！阿门！我将失去我的生命，如其我失去我的忠贞！这里是我的眠床了，但愿睡眠给予你充分的休养！

**赫米娅：**那愿望我愿意和你分享！（二人入睡）

【迫克上。

**迫克：** 我已经在森林中间走遍，

　　 但雅典人可还不曾瞧见，

　　　我要把这花液在他眼上

　　 试一试激动爱情的力量。

　　 静寂的深宵！啊，谁在这厢？

　　 他身上穿着雅典的衣裳。

　　 这正是我主人所说的他，

　　 狠心地欺负那美貌娇娃；

　　 她正在这一旁睡得酣熟，

　　 不顾到地上的潮湿龌龊。

　　 美丽的人儿！她竟然不敢

睡近这没有心肝的恶汉。（挤花汁滴拉山德眼上）

　　 我要在你眼睛上，坏东西！

倾注着魔术的力量神奇；

等你醒来的时候，

让爱情从此扰乱你睡眠的安宁！

别了，你醒来我早已去远，

奥布朗在盼我和他见面。（下）

【狄米特律斯及海伦娜奔驰上。

**海伦娜：** 你杀死了我也好，但是请你停步吧，亲爱的狄米特律斯！

**狄米特律斯：** 我命令你走开，不要这样缠扰着我！

**海伦娜：** 啊！你要把我丢在黑暗中吗？请不要这样！

**狄米特律斯：** 站住！否则叫你活不成。我要独自走我的路。（下）

**海伦娜：** 唉！这痴心的追赶使我乏得透不过气来。我越是千求万告，越是惹他憎恶。赫米娅无论在什么地方都是那么幸福，因为她有一双天赐的迷人的眼睛。她的眼睛怎么会这样明亮呢？不是为着泪水的缘故，因为我的眼睛被眼泪洗着的时候比她更多。不，不，我是像一头熊那么难看，就是野兽看见我也会因害怕而逃走。因此一点儿也不奇怪狄米特律斯会这样逃避着我，就像逃避一个丑妖怪。哪一面欺人的坏镜子使我居然敢把自己跟赫米娅的明星一样的眼睛相比呢？但是谁在这里？拉山德！躺在地上！死了吗？还是睡了？我看不见有血，也没有伤处。拉山德，要是你没有死，好朋友，醒醒吧！

拉山德：（醒）我愿为着你赴汤蹈火，玲珑剔透的海伦娜！上天在你身上显出他的本领，使我能在你的胸前看彻你的心。狄米特律斯在哪里？嘿！那个难听的名字让他死在我的剑下多么合适！

海伦娜：不要这样说，拉山德！不要这样说！即使他爱你的赫米娅又有什么关系？上帝！那又有什么关系？赫米娅仍旧是爱着你的，所以你应该心满意足了。

拉山德：跟赫米娅心满意足吗？不，我真悔恨和她在一起度过的那些可厌的时辰。我不爱赫米娅，我爱的是海伦娜。谁不愿意把一只乌鸦换一只白鸽呢？人们的意志是被理性所支配的，理性告诉我你比她更值得敬爱。凡是生长的东西，不到季节，总不会成熟：我一向因为年轻的缘故，我的理性也不曾成熟。但是现在我的智慧已经充分成长，理性指挥着我的意志，把我引到了你的眼前。在你的眼睛里，我可以读到写在最丰美的爱情的经典上的故事。

海伦娜：我怎么忍受得下这种尖刻的嘲笑呢？我什么时候得罪了你，使你这样讥讽我呢？我从来不曾得到过，也永远不会得到，狄米特律斯的一瞥爱怜的眼光，难道那还不够，难道那还不够，年轻人，而你必须再这样挖苦我的短处吗？真的，你侮辱了我。真的，用这种卑鄙的样子向我假意献媚。但是再会吧！我还

以为你是个较有教养的上流人。唉！一个女子受到了这一个男人的摈拒，还得忍受那一个男子的揶揄！（下）

**拉山德：** 她没有看见赫米娅。赫米娅，睡你的吧，再不要走近拉山德的身边了！一个人吃饱了太多的甜食，能使胸胃中发生强烈的厌恶，改信正教的人，最是痛心疾首于以往欺骗他的异端邪说；你也正是这样。让你被一切的人所憎恶吧，但没有别人比之我更为憎恶你了。我的一切生命之力啊，用爱和力来尊崇海伦娜，做她的忠实的骑士吧！（下）

**赫米娅：** （醒）救救我，拉山德！救救我！用出你全身力量来，替我在胸口上撑掉这条蠕动的蛇。哎呀，天哪！做了怎样的梦！拉山德，瞧我怎样因害怕而颤抖着。我觉得仿佛一条蛇在嚼食我的心，而你坐在一旁，瞧着它的残酷的肆虐微笑。拉山德！怎么，换了地方了？拉山德！好人！怎么，听不见？去了？没有声音，不说一句话？唉！你在哪儿？要是你听见我，答应一声呀！凭着一切爱情的名义，说话呀！我差不多要因害怕而晕倒了。仍旧一声不响！我明白你已不在近旁。要是我寻不到你，我定将一命丧亡！（下）

# 第 三 幕

## 第一场　林中。提泰妮娅熟睡未醒

【众小丑：波顿、昆斯、斯诺特、斯塔弗林、弗鲁特、斯纳格上。

**波顿：** 咱们都会齐了吗？

**昆斯：** 妙极妙极，这儿真是给咱们排戏用的一块再方便也没有的地方。这块草地可以做咱们的戏台，这一丛山楂树便是咱们的后台。咱们可以认真扮演一下，就像当着公爵殿下的面一样。

**波顿：** 彼得·昆斯——

**昆斯：** 你说什么，波顿好家伙？

**波顿：** 在这本《皮拉摩斯和提斯柏》的戏文里，有几个地方准难教人家满意。第一，皮拉摩斯该拔出剑来结果自己的性命，这是太太小姐们受不了的。你说可对不对？

**斯诺特：** 凭着圣母娘娘的名字，这可真的不是玩儿的事。

第三幕　第一场　林中。提泰妮娅熟睡未醒

**斯塔弗林：** 我说咱们把什么都做完之后，这一段自杀可不用表演。

**波顿：** 不必，咱有一个好法子。给咱写一段开场诗，让这段开场诗大概是这么说：咱们的剑是不会伤人的；实实在在皮拉摩斯并不真的把自己干掉了。顶好再那么声明一下，咱扮着皮拉摩斯的，并不是皮拉摩斯，实在是织工波顿；这么一来她们就不会惊吓了。

**昆斯：** 好吧，就让咱们有这么一段开场诗，咱可以把它写成八六体。

**波顿：** 把它再加上两个字，让它是八个字八个字那么的吧。

**斯诺特：** 太太小姐们见了狮子不会起哆嗦吗？

**斯塔弗林：** 咱担保她们一定会害怕。

**波顿：** 列位，你们得好好想一想：把一头狮子——老天爷保佑咱们——带到太太小姐们的中间，还有比这更荒唐得可怕的事吗？在野兽中间，狮子是最凶恶不过的。咱们可得考虑考虑。

**斯诺特：** 那么说，就得再写一段开场诗，说他并不真的是狮子。

**波顿：** 不，你应当把他的名字说出来，他的脸蛋儿的一半要露在狮子头颈的外边。他自己就该说着这样或者诸如此类的话："太太小姐们"，或者说，"尊贵的太太小姐们，咱要求你们"，或者说，"咱请求你们"，或者说，"咱恳求你们，不用害怕，不用发抖。咱可以用生命给你们担保。要是你们想咱真是一头狮子，那咱才真是倒霉啦！不，咱完全不是这种东西。

171

咱是跟别人一个样儿的人。"这么着让他说出自己的名字来,明明白白地告诉她们,他是细木工匠斯纳格。

**昆斯:** 好吧,就是这么办。但是还有两件难事:第一,咱们要把月亮光搬进屋子里来;你们知道皮拉摩斯和提斯柏是在月亮底下相见的。

**斯纳格:** 咱们演戏的那天可有月亮吗?

**波顿:** 拿历本来,拿历本来!瞧历本上有没有月亮,有没有月亮。

**昆斯:** 有的,那晚上有好月亮。

**波顿:** 啊,那么你就可以把大厅上的一扇窗打开,月亮就会打窗子里照进来啦。

**昆斯:** 对了,否则就得叫一个人一手拿着柴枝,一手举起灯笼,登场说他是代表着月亮。现在还有一件事,咱们在大厅里应该有一堵墙,因为故事上说,皮拉摩斯和提斯柏是凑着一条墙缝彼此讲话的。

**斯纳格:** 你可不能把一堵墙搬进来。你怎么说,波顿?

**波顿:** 让什么人扮作墙头,让他身上带着些灰泥黏土之类,表明他是墙头。让他把手指举起做成那个样儿,皮拉摩斯和提斯柏就可以在手指缝里低声谈话了。

**昆斯:** 那样的话,一切就都齐全了。来,每个老娘的儿子都坐下来,念着你们的台词。皮拉摩斯,你开头儿,你说完了之后,就走进那簇树后。这样大家可以按着尾白挨次说下去。

【迫克自后上。

**迫克：** 哪一群伧父俗子胆敢在仙后卧榻之旁鼓唇弄舌？哈，在那儿演戏！让我做一个听戏的吧。要是看到机会，也许我还要做一个演员哩。

**昆斯：** 说吧，皮拉摩斯。提斯柏，站出来。

**波顿：** 　　　　　　提斯柏，

　　　　　花儿开得十分腥——

**昆斯：** 十分香，十分香。

**波顿：** 　　　　——开得十分香；

　　　你的气息，好人儿，也是一个样。

　　听，那边有一个声音，你且等一等，

　　一会儿咱再来和你诉衷情。（下）

**迫克：** 请看皮拉摩斯变成了怪妖精。（下）

**弗鲁特：** 现在该咱说了吧？

**昆斯：** 是的，该你说。你得弄清楚，他是去瞧瞧什么声音去的，等一会儿就要回来。

**弗鲁特：** 　　最俊美的皮拉摩斯，脸孔红如红玫瑰，

　　　　肌肤白得赛过纯白的百合花，

　　　　活泼的青年，最可爱的宝贝，

忠心耿耿像一匹顶好的马。

皮拉摩斯,

咱们在尼内的坟头相会。

**昆斯:**"尼纳斯的坟头",老兄。你不要就把这句说出来,那是要你答应皮拉摩斯的。你把要你说的话不管什么尾白不尾白,都一股脑儿说出来啦。皮拉摩斯,进来。你的尾白已经给你说过了,是"忠心耿耿"。

**弗鲁特:**噢。忠心耿耿像一匹顶好的马。

【迫克重上;波顿戴驴头随上。

**波顿:**美丽的提斯柏,咱是整个儿属于你的!

**昆斯:**怪事!怪事!咱们见了鬼啦!列位,快逃!快逃!救命哪!

(众下)

**迫克:** 我要把你们带领得团团乱转,

经过一处处沼地、草莽和林薮;

有时我化作马,有时化作猎犬,

化作野猪,没头的熊,或是磷火;

我要学马样嘶,犬样吠,猪样嗥,

熊一样的咆哮,野火一样燃烧。(下)

**波顿:**他们干吗都跑走了呢?这准是他们的恶计,要把咱吓一跳。

【斯诺特重上。

## 第三幕　第一场　林中。提泰妮娅熟睡未醒

**斯诺特：** 啊，波顿！你变了样子啦！你头上是什么东西呀？

**波顿：** 是什么东西？你瞧见你自己变成了一头蠢驴啦是不是？（斯诺特下）

　　　【昆斯重上。

**昆斯：** 天哪！波顿！天哪！你变啦！（下）

**波顿：** 咱看透他们的鬼把戏；他们要把咱当作一头蠢驴，想出法子来吓咱。可是咱决不离开这块地方，瞧他们怎么办。咱要在这儿跑来跑去；咱要唱个歌儿，让他们听见了知道咱可一点儿不怕。（唱）

　　　　　　山乌嘴巴黄沉沉，

　　　　　　浑身长满黑羽毛，

　　　　　　画眉唱得顶认真，

　　　　　　声音尖细是欧鹳。

**提泰妮娅：**（醒）什么天使使我从百花的卧榻上醒来呢？

**波顿：**（唱）

　　　　　　鹈鸪，麻雀，百灵鸟，

　　　　　　还有杜鹃爱骂人，

> 大家听了心头恼,
>
> 可是谁也不回声。

**波顿**: 真的, 谁耐烦跟这么一头蠢鸟斗口舌呢? 即使它骂你是乌龟, 谁又高兴跟他争辩呢?

**提泰妮娅**: 温柔的凡人, 请你唱下去吧! 我的耳朵沉醉在你的歌声里, 我的眼睛又为你的状貌所迷惑。在第一次见面的时候, 你的美姿已使我不禁说出而且矢誓着我爱你了。

**波顿**: 咱想, 奶奶, 您这可太没有理由。不过说老实话, 现今世界上理性可真难得跟爱情碰头; 也没有哪位正直的邻居大叔给他俩撮合撮合做朋友, 真是抱歉得很。哈, 我有时也会说说笑话。

**提泰妮娅**: 你真是又聪明又美丽。

**波顿**: 不见得, 不见得。可是咱要是有本事跑出这座林子, 那已经很够了。

**提泰妮娅**: 请不要跑出这座林子! 不论你愿不愿, 你一定要留在这里。我不是一个平常的精灵, 夏天永远听从着我的命令; 我真是爱你, 因此跟我去吧。我将使神仙们侍候你, 他们会从海底里捞起珍宝献给你; 当你在花茵上睡去的时候, 他们会给你歌唱; 而且我要给你洗涤去俗体的污垢, 使你身轻得

## 第三幕　第一场　林中。提泰妮娅熟睡未醒

像个精灵一样。豆花！蛛网！飞蛾！芥子！

【四神仙上。

**豆花：**有。

**蛛网：**有。

**飞蛾：**有。

**芥子：**有。

**四仙：**（合）差我们到什么地方去？

**提泰妮娅：**　　　恭恭敬敬地侍候这先生，

蹿蹿跳跳地追随他前行；

给他吃杏子、鹅莓和桑葚，

紫葡萄和无花果儿青青。

去把野蜂的蜜囊儿偷取，

剪下蜂股的蜜蜡做烛炬，

在流萤的火睛里点了火，

照着我的爱人晨兴夜卧；

再摘下彩蝶儿粉翼娇红，

扇去他眼上的月色溶溶。

来，向他鞠一个深深的躬。

**四仙：**（合）万福，凡人！

**波顿：**请你们列位先生多多担待担待在下。请教大号是——

177

**蛛网：**蛛网。

**波顿：**很希望跟您交个朋友，好蛛网先生。要是咱指头儿割破了的话，咱要大胆用到您。善良的先生，您的尊号是——

**豆花：**豆花。

**波顿：**啊，请多多给咱向令堂豆荚奶奶和令尊豆壳先生致意。好豆花先生，咱也很希望跟您交个朋友。先生，您的雅号是——

**芥子：**芥子。

**波顿：**好芥子先生，咱知道您是个饱历艰辛的人。那块恃强凌弱的大牛排曾经把您家里好多人都吞去了。不瞒您说，您的亲戚们曾经把咱辣出眼水来。咱希望跟您交个朋友，好芥子先生。

**提泰妮娅：** 来，侍候着他，引路到我的闺房。

　　　　　　月亮今夜有一颗多泪的眼睛；

　　　　　　小花们也都陪着她眼泪汪汪，

　　　　　　悲悼一些失去逝去了的童贞。

　　　　　　吩咐那好人静静走不许作声。（同下）

## 第二场  林中的另一处

【奥布朗上。

**奥布朗：** 不知道提泰妮娅有没有醒来；她一醒来就要热烈地爱上她第一眼所看到的无论什么东西了。这边来的是我的使者。

【迫克上。

**奥布朗：** 啊，疯狂的精灵！在这座夜的魔林里现在有什么事情发生？

**迫克：** 娘娘爱上一个怪物了。当她昏昏睡熟的时候，在她隐秘的神圣卧室之旁，来了一群村汉。他们都是在雅典市集上做工过活的粗鲁的手艺人，聚集在一起排着戏，预备在忒修斯结婚的那天表演。在这一群蠢货的中间，一个最蠢的蠢材扮演着皮拉摩斯。当他退场而走进一簇丛林里去的时候，我就抓住了这个好机会，给他的头上罩上一只死驴的头壳。一会儿他因为必须去答应他的提斯柏，所以这位好伶人又出来了。他们一看见了他，就像大雁望见了蹑足行近的猎人，又像一大群灰鸦听见了枪声，轰然飞起乱叫，四散着横扫过天空一样,全都没命逃走了。又因为我们的跳舞震动了地面,一个个横扑竖倒,嘴里乱喊着救命。他们本来就是那么糊涂,这回吓得完全丧失了神智,没有知觉的东西也都来欺侮他们了:野茨和荆棘抓破了他们的衣服;有的失去了袖子,有的落掉了帽子,败军之将,无论什么东西都是予取予求的。在这种惊惶中我领着他们走去,把变了样子的可爱的皮拉摩斯孤单单地留下;就在那时候,提泰妮娅醒过来,立刻就爱上这头驴子了。

**奥布朗:** 这比我所能想得到的计策还好。但是你有没有依照我的吩咐,把那爱汁滴在那个雅典人的眼上呢?

**迫克:** 那我也已经趁他睡熟的时候办好了。那个雅典女人就在他的身边,因此他一醒来,一定便会看见她。

【狄米特律斯及赫米娅上。

**奥布朗:** 站住,这就是那个雅典人。

**迫克:** 这女人一点儿不错;那男人可不是。

**狄米特律斯:** 唉!为什么你这样骂着深爱你的人呢?那种毒骂是应该加在你仇敌身上的。

**赫米娅:** 现在我不过把你数说数说罢了;我应该更厉害地对付你,因为我相信你是可咒诅的。要是你已经趁着拉山德睡着的时候把他杀了,那么把我也杀了吧。已经两脚踏在血泊中,索

## 第三幕　第二场　林中的另一处

性让杀人的血淹没你的膝盖吧；太阳对于白昼，也没有像他对于我那样的忠心。当赫米娅睡熟的时候，他会悄悄地离开她吗？我宁愿相信地球的中心可以穿成孔道，月亮会从里面钻了过去，在地球的那一端跟她的兄长白昼捣乱。一定是你已经把他杀死了；因为只有杀人的凶徒，脸上才会这样惨白而可怖。

**狄米特律斯：** 被杀者的脸色应该是这样的，你的残酷已经洞穿我的心，因此我应该有那样的脸色。但是你这杀人的，却瞧上去仍然是那么辉煌莹洁，就像那边天上闪耀着的金星一样。

**赫米娅：** 你这种话跟我的拉山德有什么关系？他在哪里呀？啊，好狄米特律斯，把他还给了我吧！

**狄米特律斯：** 我宁愿把他的尸体喂我的猎犬。

**赫米娅：** 滚开，贱狗！滚开，恶狗！你使我再也忍不住了。你真的把他杀了吗？从此之后，别再把你算作人吧！啊，看在我的面上，老老实实告诉我，告诉我，你，一个清醒的人，看见他睡着，而把他杀了吗？哎哟，真勇敢！一条蛇，一条毒蛇，都比不上你。因为它的分叉的毒舌，还不及你的毒心更毒！

**狄米特律斯：** 你的脾气发得好没来由。我可以告诉你，我并没有杀死拉山德，他也并没有死。

**赫米娅：** 那么请你告诉我他是平安的。

**狄米特律斯**：要是我告诉你，我将得到什么好处呢？

**赫米娅**：你可以得到永远不再看见我的权利。我从此离开你那可憎的脸。无论他死也罢活也罢，你再不要和我相见。（下）

**狄米特律斯**：在她这样盛怒之中，我还是不要跟着她。让我在这儿暂时停留一会儿。

    睡眠欠下了沉忧的债，

    心头加重了沉忧的担；

    我且把黑甜乡暂时寻访，

    还了些还不尽的糊涂账。（卧下睡去）

**奥布朗**：你干了些什么事呢？你已经大大地弄错了，把爱汁去滴在一个真心的恋人的眼上。为了这次错误，本来忠实的将要变了心肠，而不忠实的仍旧和以前一样。

**迫克**：一切都是命运在做主；保持着忠心的不过一个人，变心的，把盟誓起了一个毁了一个的，却有百万个人。

**奥布朗**：比风还快地去往林中各处访寻名叫海伦娜的雅典女郎吧！她是全然为爱情而憔悴的，痴心的叹息耗去她脸上的血色。用一些幻象把她引到这儿来；我将在他的眼睛上施上魔术，准备他们的见面。

**迫克**：我去，我去，瞧我一会儿便失了踪迹。鞑靼人的飞箭都赶不上我的迅疾。（下）

## 第三幕　第二场　林中的另一处

奥布朗：　　　　　这一朵紫色的小花，

　　　　　　　　尚留着爱神的箭疤，

　　　　　　　　让它那灵液的力量，

　　　　　　　　渗进他眸子的中央。

　　　　　　　　当他看见她的时光，

　　　　　　　　让她显出庄严妙相，

　　　　　　　　如同金星照亮天庭，

　　　　　　　　让他向她婉转求情。

【迫克重上。

迫克：　　　　　　报告神仙界的头脑，

　　　　　　　　海伦娜已被我带到，

　　　　　　　　她后面随着那少年，

　　　　　　　　正在哀求着她眷怜。

　　　　　　　　瞧瞧那痴愚的形状，

　　　　　　　　人们真蠢得没法想！

奥布朗：　　　　　　站开些；

　　　　　　　　　他们的声音

　　　　　　　将要惊醒睡着的人。

迫克：　　　　　　两男合爱着一女，

　　　　　　　　　这把戏已够有趣；

> 最妙是颠颠倒倒,
>
> 看着才叫人发笑。

【拉山德及海伦娜上。

**拉山德:** 为什么你要以为我的求爱不过是向你嘲笑呢?嘲笑和戏谑是永不会伴着眼泪而来的。瞧,我在起誓的时候,是多么感泣着!这样的誓言是不会被人认作虚谎的。明明有着可以证明是千真万确的表记,为什么你会以为我这一切都是出于讪笑呢?

**海伦娜:** 你越来越俏皮了。要是人们所说的真话都是互相矛盾的,那么相信哪一句真话好呢?这些誓言都是应当向赫米娅说的,难道你把她丢弃了吗?把你对她和对我的誓言放在两个秤盘里,一定称不出轻重来,因为都是像空话那样虚浮。

**拉山德:** 当我向她起誓的时候,我实在一点儿见识都没有。

**海伦娜:** 照我想起来,你现在把她丢弃了也不像是有见识的。

**拉山德:** 狄米特律斯爱着她,但他不爱你。

**狄米特律斯:** (醒)啊,海伦娜!完美的女神!圣洁的仙子!我要用什么来比并你的秀眼呢,我的爱人?水晶是太昏暗了。啊,你的嘴唇,那吻人的樱桃,瞧上去是多么成熟,多么诱人!你一举起你那洁白的妙手,被东风吹着的滔勒斯高山上的积雪,就显得像乌鸦那么黯黑了。让我吻一吻那纯白的女王,这幸福的象征吧！

**海伦娜：** 唉，倒霉！该死！我明白你们都在把我取笑；假如你们是懂得礼貌有教养的人，一定不会这样侮辱我。我知道你们都讨厌着我，那么就讨厌我好了，为什么还要联合起来讥讽我呢？你们瞧上去都像堂堂男子，如果真是堂堂男子，就不该这样对待一个有身份的妇女：发着誓，赌着咒，过誉着我的好处，但我能断定你们的心里却在讨厌我。你们两人一同爱着赫米娅，现在转过身来一同把海伦娜嘲笑，真是大丈夫的行为！为着取笑的缘故逼一个可怜的女人流泪，高尚的人决不会这样轻侮一个闺女，只是因为给你们寻寻开心，要逼到她忍无可忍。

**拉山德：** 你太残忍，狄米特律斯，不要这样。因为你爱着赫米娅，这你知道我是十分明白的。现在我用全心和好意把我在赫米娅的爱情中的地位让给你，但你也得把海伦娜的让给我，因为我爱她，并且将要爱她到死。

**海伦娜：** 从来不曾有过嘲笑者浪费过这样无聊的口舌。

**狄米特律斯：** 拉山德，保留着你的赫米娅吧，我不要。要是我曾经爱过她，那爱情现在也已经消失了。我的爱不过像过客一样暂时驻留在她的身上，现在它已经回到它的永远的家，海伦娜的身边，再不到别处去了。

**拉山德：** 海伦娜，他的话是假的。

**狄米特律斯：** 不要侮蔑你所不知道的真理，否则你将以生命的危险重重补偿你的过失。瞧！你的爱人来了。那边才是你的爱人。

【赫米娅上。

**赫米娅：** 黑夜使眼睛失去它的作用，但却使耳朵的听觉更为灵敏。我的眼睛不能寻到你，拉山德，但多谢我的耳朵，使我能听见你的声音。你为什么那样忍心地离开了我呢？

**拉山德：** 爱情驱赶一个人走的时候，为什么他要滞留呢？

**赫米娅：** 哪一种爱情能把拉山德驱开我的身边？

**拉山德：** 拉山德的爱情使他一刻也不能停留。美丽的海伦娜，她照耀着夜天，使一切明亮的繁星黯然无色。为什么你要来寻找我呢？难道这还不能使你知道我因为厌恶你的缘故，才这样离开了你吗？

**赫米娅：** 你说的不是真话，那不会是真的。

**海伦娜：** 瞧！她也是他们的一党。现在我明白了，他们三个人一起联合用这种恶作剧欺凌我。欺人的赫米娅！最没有良心的丫头！你竟然和这种人一同算计着向我开这种卑鄙的玩笑捉弄我吗？难道我们两人从前的种种推心置腹，约为姊妹的盟誓，在一起怨恨疾足的时间这样快便把我们拆分？啊！都已经忘记了吗？我们在同学时的那种情谊，一切童年的天真，都已经完全在脑后了吗?赫米娅,我们两人曾经像两个巧手的神匠,在一起绣着同一朵花,描着同一个图样,我们同坐在一个椅垫上,齐声地曼吟着同一支歌儿,就像我们的手,我们的身体,我们的声音,我们的思想,都是连在一起不可分的样子。我们这样生长在一起,正如并蒂的樱桃,看似两个,其实却连生在一起。我们是结在同一茎上的两颗可爱的果实,我们的身体虽然分开,我们的心却只有一个。难道你竟把我们从前的友好丢弃不顾,而和男人们联合着嘲弄你的可怜的朋友吗?这种行为太没有朋友的情谊,而且也不合一个少女的身份。不单是我,我们全体女人都可以攻击你,虽然受到委屈的只是我一个。

**赫米娅:** 你这种愤激的话真使我惊奇。我并没有嘲弄你。似乎你在嘲弄我哩。

**海伦娜:** 你不曾唆使拉山德跟随我,假意称赞我的眼睛和脸孔吗?你那另一个爱人,狄米特律斯,不久之前还曾要用他的脚踢开我,你不曾使他称我为女神、仙子,神圣而稀有的、珍贵的、超乎一切的人吗?为什么他要向他所讨厌的人说这种话呢?拉山德的灵魂里是充满了你的爱的,倘不是因为你的指使,因为你们曾经预先商量好,为什么他反而要摈斥你,却要把他的热情奉献给我?即使我不像你那样得人爱怜,那样被人追求不舍，那样好幸运，而是那样倒霉，因为得不到我所爱的人的爱情，那和你又有什么关系呢？你应该可怜我而不应该侮蔑我。

**赫米娅：**我不懂你说这种话的意思。

**海伦娜：**好，尽管装腔下去，扮着这一副苦脸，等到我一转背，就要向我做鬼脸了；大家彼此眨眨眼睛，把这个绝妙的玩笑尽管开下去吧，将来会登载在历史上的。假如你们是有同情心、懂得礼貌的，就不该把我当作这样的笑柄。再会吧，一半也是我自己的不好，死别或生离不久便可以补赎我的错误。

**拉山德：**不要走，温柔的海伦娜！听我解释。我的爱！我的生命！我的灵魂！美丽的海伦娜！

**海伦娜：**多好听的话！

**赫米娅：**亲爱的，不要那样嘲笑她。

**狄米特律斯：**要是她的恳求不能使你不说那种话，我将强迫你闭住你的嘴。

**拉山德：**她也不能恳求我，你也不能强迫我。你的威胁正和她的软弱的祈告同样没有力量。海伦，我爱你！凭着我的生命起誓，我爱你！谁说我不爱你的，我愿意用我的生命证明他说谎。为了你我是乐意把生命捐弃的。

**狄米特律斯：**我说我比他更要爱你得多。

拉山德：要是你这样说，那么把剑拔出来证明一下吧。

狄米特律斯：好，快些，来！

赫米娅：拉山德，这一切究竟是怎么一回事呢？

拉山德：走开，你这黑丫头！

狄米特律斯：你可不能骗我而自己逃走。假意说着来来，却在准备趁机溜去。你是个不中用的汉子，去吧！

拉山德：（向赫米娅）放开手，你这猫！你这牛蒡子！贱东西，放开手！否则我要像撑走一条蛇那样撑走你了。

赫米娅：为什么你变得这样凶暴？究竟是什么缘故呢，爱人？

拉山德：什么爱人！走开，黑鞑子！走开！可厌的毒物，给我滚吧！

赫米娅：你还是在开玩笑吗？

海伦娜：是的，你也是。

拉山德：狄米特律斯，我一定不失信于你。

狄米特律斯：你的话可有些不能算数，因为人家的柔情在牵系住你。我可信不过你的话。

拉山德：什么！难道要我伤害她、打她、杀死她吗？虽然我厌恨她，我还不至于这样残忍。

赫米娅：啊！还有什么事情比之你厌恨我更残忍呢？厌恨我！为什么呢？天哪！究竟是怎么一回事呢，我的好人？难道我不是赫米娅了吗？难道你不是拉山德了吗？我现在生得仍旧跟以前一个样子。就在这一夜里你还曾爱过我；但就在这一夜里你离开了我。那么你真的——唉，天哪！真的存心离开我吗？

**拉山德：** 一点儿不错，而且再不要看见你的脸了。因此你可以断了念头，不必疑心，我的话是千真万确的：我厌恨你，我爱海伦娜，一点儿不是开玩笑。

**赫米娅：** 天啊！你这骗子！你这花中的蛀虫！你这爱情的贼！哼！你趁着黑夜，悄悄地把我的爱人的心偷了去吗？

**海伦娜：** 真好！难道你一点儿女人家的羞耻都没有，一点儿不晓得难为情了吗？哼！你一定要引得我破口说出难听的话来吗？哼！哼！你这装腔作势的人！你这给人家愚弄的小玩偶！

**赫米娅：** 小玩偶！噢，原来如此。现在我才明白了她把她的身材跟我比较；她自夸她生得长，用她那身材，那高高的身材，赢得了他的心。因为我生得矮小，所以他便把你看得高不可及了吗？我是怎样一个矮法？你这涂脂抹粉的花棒儿！请你说，我是怎样矮法？矮虽矮，我的指爪还挖得着你的眼珠哩！

**海伦娜：** 先生们，虽然你们都在嘲弄我，但我求你们别让她伤害我。我从来不曾使过性子，我也完全不懂得怎样跟人家吵架，我是一个胆小怕事的女子。不要让她打我。也许你们以为她比我生得矮些，我可以打得过她。

**赫米娅:** 生得矮些! 听,又来了!

**海伦娜:** 好赫米娅,不要对我这样凶!我一直是爱你的,赫米娅,有什么事总跟你商量,从来不曾对你做过欺心的事。除了这次,为了对狄米特律斯的爱情的缘故,我把你私奔到这座林中的事告诉了他。他追踪着你。为了爱,我又追踪着他。但他一直是斥骂着我,威吓着我说要打我,踢我,甚至于要杀死我。现在你让我悄悄地去了吧,我愿带着我的愚蠢回到雅典去,不再跟着你们了。让我去。你瞧我是多么傻多么痴心!

**赫米娅:** 好,你去就去吧,谁在拦住你?

**海伦娜:** 一颗发痴的心,但我把它丢弃在这里了。

**赫米娅:** 噢,给了拉山德了是不是?

**海伦娜:** 不,是狄米特律斯。

**拉山德:** 不要怕,她不会伤害你的,海伦娜。

**狄米特律斯:** 当然不会的,先生。即使你帮着她也不要紧。

**海伦娜:** 啊,她一发起怒来,真是又凶又狠。在学校里她就是出名的雌老虎;长得很小的时候,便已是那么凶了。

**赫米娅:** 又是"很小"!老是矮啊小啊的说个不住!为什么你让她这样讥笑我呢?让我跟她拼命去。

**拉山德:** 滚开,你这矮子!你这发育不全的三寸丁!你这小佛珠子!你这小青豆!

191

**狄米特律斯：** 她用不着你的帮忙，因此不必那样乱献殷勤。让她去，不许你嘴里再提到海伦娜。要是你再向她献殷勤，就请你当心着吧！

**拉山德：** 现在她已经不再拉住我了。你要是有胆子，跟我来吧，我们倒要试试看究竟海伦娜该是属于谁的。

**狄米特律斯：** 跟你来？嘿，我要和你并着肩走呢！（拉山德、狄米特律斯二人下）

**赫米娅：** 你，小姐，这一切的纷扰都是因为你的缘故。哎，别逃啊！

**海伦娜：** 我怕你，我不敢跟脾气这么大的你在一起。打起架来，你的手比我快得多，但我的腿比你长些，逃起来你追不上我。（下）

**赫米娅：** 我简直莫名其妙，不知道要说些什么话好。（下）

**奥布朗：** 这都是因为你的粗心大意。倘不是你弄错了，就一定是你故意在捣蛋。

**迫克：** 相信我，仙王，是我弄错了。你不是对我说只要认清楚那人穿着雅典的衣裳？照这样说起来我完全不曾错，因为我是把花汁滴在一个雅典人的眼上。事情会弄到这样我是满快活的，因为他们的吵闹看着怪有趣味。

**奥布朗：** 你瞧这两个人找地方决斗去了。因此，罗宾，快去把夜天遮暗了。你就去用像冥河的水一样黑的浓雾盖住星空，再引这两个气势汹汹的仇人迷失了路,不要让他们碰在一起。有时你学着拉山德的声音痛骂狄米特律斯,有时学着狄米特律斯的样子斥责拉山德:用这种法子把他们两个分开,直到他们奔波得精疲力竭,让死一样的睡眠拖着铅样沉重的腿和蝙蝠的翅膀爬到他们的额上;然后你把这草挤出汁来涂在拉山德的眼睛上,它能够解去一切的错误,使他的眼睛恢复从前的眼光。等他们醒来之后,这一切的戏谑,就会像是一场梦景或是空虚的幻象;这一班恋人们便将回到雅典去,一同走着无穷的人生的路程直到死去。在我差遣你去做这件事的时候,我要去访问我的王后,向她讨那个印度孩子;然后我要解除她眼中所见的怪物的幻觉,一切事情都将和平解决。

**迫克:** 这事我们必须赶早办好,主公,

  因为黑夜已经驾起他的飞龙;

  晨星,黎明的先驱,已照亮苍穹;

  一个个鬼魂四散地奔返殡宫;

  还有那横死的幽灵抱恨长终,

  道旁水底有他们的白骨成丛,

  为怕白昼揭破了丑恶的形容,

  早已向重泉归寝相伴着蛆虫;

  他们永远照不到日光的融融,

只每夜在暗野里凭吊着凄风。

**奥布朗：** 但你我可完全不能比并他们。

晨光中我惯和猎人一起游巡，

如同林居人一样踏访着丛林；

即使东方开启了火红的天门，

大海上照耀万道灿烂的光针，

青碧的波涛化成了一片黄金。

但我们应该早早办好这事情，

最好别把它迁延着直到天明。（下）

**迫克：** 奔到这边来，奔过那边去；

我要领他们，奔来又奔去。

林间和市上，无人不怕我。

我要领他们，走尽林中路。

这儿来了一个。

【拉山德重上。

**拉山德：** 你在哪里，骄傲的狄米特律斯？说出来！

**迫克：** 在这儿，恶徒！把你的剑拔出来准备着吧。你在哪里？

**拉山德：** 我立刻就过来。

**迫克：** 那么跟我来吧，到平坦一点儿的地方。（拉山德随声音下）

【狄米特律斯重上。

**狄米特律斯：** 拉山德，你再开口啊！你逃走了，你这懦夫！你逃走了吗？说话呀！躲在哪一堆树丛里吗？你躲在哪里呀？

**迫克：** 你这懦夫！你在向星星们夸口，向树林子挑战，但是却不敢过来吗？来，卑怯汉！来，你这小孩子！我要好好抽你一顿。谁要跟你比剑才真倒霉！

**狄米特律斯：** 呀，你在那边吗？

**迫克：** 跟我的声音来吧，这儿不是适宜我们战斗的地方。（同下）

【拉山德重上。

**拉山德：** 他走在我的前头，老是挑激着我上前；一等我走到他叫喊着的地方，他又早已不在。这个坏蛋比我脚步快得多，我越是追得快，他可逃走得更快，使我在黑暗崎岖的路上绊跌了一跤。让我在这儿休息一下吧。（躺下）来吧，你仁心的白昼！只要你一露出你的一线灰白的微光，我就可以看见狄米特律斯而洗雪这次仇恨了。（睡去）

【迫克及狄米特律斯重上。

**迫克：** 呵！呵！呵！懦夫！你为什么不来？

**狄米特律斯：** 要是你有胆量的话，等着我吧；我全然明白你跑在我前面，从这儿蹿到那儿，不敢站住，也不敢当着我的面。你现在在什么地方？

**迫克：** 过来，我在这儿。

**狄米特律斯：** 哼，你在摆布我。要是天亮了我看见你的脸孔，你好好地留点儿神。现在，去你的吧！疲乏逼着我倒卧在这寒冷的地上，等候着白天的降临。（躺下睡去）

【海伦娜重上。

**海伦娜：** 疲乏的夜啊！冗长的夜啊！减少一些你的时辰吧！从东方出来的安慰，快照耀起来啊！好让我借着晨光回到雅典去，离开这一群人，他们大家都讨厌可怜的我。慈悲的睡眠，有时你闭上了悲伤的眼睛，求你暂时让我忘却了自己的存在吧！

（躺下睡去）

**迫克：** 　　　两男加两女，四个无错误；
　　　　　　三人已在此，一人在何处？
　　　　　　哈哈她来了，满脸愁云罩：
　　　　　　爱神真不好，惯惹女人恼！

【赫米娅重上。

**赫米娅：** 从来不曾这样疲乏过，从来不曾这样伤心过！我的身上沾满了露水，我的衣裳被荆棘抓破。我跑也跑不动，爬也爬不动了，我的两条腿再也不能从着我的心愿。让我在这儿休息一下以待天明。要是他们真要格斗的话，愿天保佑拉山德啊！（躺下睡去）

**迫克：** 　　　　　梦将残，睡方酣，

第三幕　第二场　林中的另一处

　　　神仙药，袪幻觉，

百般迷梦全消却。（挤草汁于拉山德眼上）

　　　醒眼见，旧人脸，

　　　乐满心，情不禁，

　　　从此欢爱复深深。

　　　一句俗语说得好，

　　　各人各有各的宝，

　　　待你醒来就知晓：

　　　　哥儿爱姐儿，

　　　　两两无参差。

　　　　失马复得马，

　　　一场大笑话！（下）

# 第四幕

## 第一场　林中

【提泰妮娅及波顿上,众仙随侍;奥布朗潜随其后。

**提泰妮娅:** 来,坐在这花床上。我要爱抚你的可爱的脸颊;我要把麝香玫瑰插在你柔软光滑的头颅上;我要吻你的美丽的大耳朵,我的温柔的宝贝!

**波顿:** 豆花呢?

**豆花:** 有。

**波顿:** 替咱把头搔搔,豆花儿。蛛网先生在哪儿?

**蛛网:** 有。

**波顿:** 蛛网先生,好先生,把您的刀拿好,替咱把那蓟草叶尖上的红屁股的野蜂儿杀了。然后,好先生,替咱把蜜囊儿拿来。干那事的时候可别太性急,先生,而且,好先生,当心别把蜜囊儿给弄破了。要是您在蜜囊里头淹死了,那咱可不很乐意,

## 第四幕 第一场 林中

先生。芥子先生在哪儿？

**芥子：**有。

**波顿：**把您的小手儿给我，芥子先生。请您不用多礼了吧，好先生。

**芥子：**你有什么吩咐？

**波顿：**没有什么，好先生，只是帮蛛网君替咱搔搔痒。咱一定得理发去，先生，因为咱觉得脸上毛得很。咱是一头感觉非常灵敏的驴子，要是一根毛把咱触痒了，咱就非得搔一下子不可。

**提泰妮娅：**你要不要听一些音乐，我的好人？

**波顿：**咱很懂得一点儿音乐。咱们来点儿响亮的吧。

**提泰妮娅：**好人，你要吃些什么呢？

**波顿：**真的，来一堆刍秣吧。您要是有好的干麦秆，也可以给咱大嚼一顿。咱怪想吃那么一捆干草，好干草，美味的干草，什么也比不上它。

**提泰妮娅：**我有一个善于冒险的小神仙，可以给你到松鼠的仓里取下些新鲜的榛栗来。

**波顿：**咱宁可吃一把两把干豌豆。但是谢谢您，吩咐您那些人们别惊动咱吧，咱想要睡他妈的一个觉。

**提泰妮娅：**睡吧，我要把你抱在我怀里。神仙们，往各处散开去吧。（众仙下）菟丝也正是这样温柔地缠附着芬芳的金银花。女萝也正是这样缱绻着榆树的臂枝。啊，我是多么爱你！我是

多么热恋着你！（同睡去）

【迫克上。

奥布朗：（上前）欢迎，好罗宾！你见不见这种可爱的情景？我对于她的痴恋开始有点儿不忍了。刚才我在树林后面遇见她正在为这个可憎的蠢货找寻爱情的礼物，我就谴责她，因为那时她把芬芳的鲜花制成花环环绕着他那毛茸茸的额角；原来在嫩蕊上晶莹饱满，如同东方的明珠一样的露水，如今却含在那一朵朵美艳的小花的眼中，像是盈盈欲泣的眼泪，痛心着它们所受的耻辱。我把她尽情嘲骂一番之后，她低声下气地请求我息怒，于是我便趁机向她索讨那个换儿；她立刻把他给了我，差她的仙侍把他送到了我的寝宫里。现在我已经到手了这个孩子，我将解去她眼中这种可憎的迷惑。好迫克，你去把这雅典村夫头上的变形的头盖揭下，好让他和大家一同醒来的时候，可以回到雅典去，把这晚间一切发生的事，只当作一场梦魇。但是先让我给仙后解去了魔法吧。（以草触她的眼睛）

回复你原来的本性，

解去你眼前的幻景；

这一朵女贞花采自月姊园庭，

它会使爱情的小卉失去功能。

喂，我的提泰妮娅，醒醒吧，我的好王后！

**提泰妮娅：** 我的奥布朗！我看见了怎样的幻景！好像我爱上了一头驴子啦。

**奥布朗：** 那边就是你的爱人。

**提泰妮娅：** 这一切事情怎么会发生的呢？啊，现在我看见他的样子是多么来气！

**奥布朗：** 静一会儿。罗宾，把他的头壳揭下了。提泰妮娅，叫他们奏起音乐来吧，让这五个人睡得全然失去知觉。

**提泰妮娅：** 来，奏起催眠的乐声柔婉！（轻柔的音乐）

**迫克：** 　　　等你一醒来的时候，蠢汉。

　　　　　　用你自己的傻眼睛瞧看。

**奥布朗：** 奏下去，音乐！（乐音渐强）来，我的王后，让我们携手同行，让我们的舞蹈震动这些人睡着的地面。现在我们已经言归于好，明天夜半将要一同到忒修斯公爵的府中跳着庄严的欢舞，祝福他家繁荣昌盛。这两对忠心的恋人也将在那里和忒修斯同时举行婚礼，大家心中充满了喜乐。

**迫克：** 　　　仙王，仙王，留心听，

　　　　　　我闻见云雀歌吟。

**奥布朗：** 　　　王后，让我们静静

　　　　　　追随着夜的踪影。

>　　　　　　我们环绕着地球，
>
>　　　　　　快过明月的光流。

**提泰妮娅：**　　夫君，请你在一路

　　　　　　告诉我一切缘故，

　　　　　　这些人来自何方，

　　　　　当我熟睡的时光。（同下。幕内号角声）

【忒修斯、希波吕忒、伊吉斯及侍从等上。】

**忒修斯：** 你们中间谁去把猎奴唤来。我们已把五月节的仪式遵行，现在还不过是清晨，我的爱人应当听一听猎犬的音乐。把它们放在西面的山谷里；快去把猎奴唤来。（一侍从下）美丽的王后，让我们到山顶上去，领略猎犬们的吠叫和山谷中的回声应和在一起的妙乐吧。

**希波吕忒：** 我曾经同赫拉克勒斯和卡德摩斯一起在克里特林中行猎，他们用斯巴达的猎犬追赶着巨熊，那种雄壮的吠声我真是第一次听到；除了丛林之外，天空和群山，以及一切附近的区域，似乎混成了一片交互的呐喊。我从来不曾听见过那样谐美的喧声，那样悦耳的雷鸣。

**忒修斯：** 我的猎犬也是斯巴达种，一样的颊肉下垂，一样的黄沙的毛色。它们的头上垂着两片挥拂晨露的耳朵；它们的膝骨是弯曲的，并且像塞萨利亚种的公牛一样喉头长着垂肉。它

第四幕　第一场　林中

们在追逐时不很迅速，但它们的吠声彼此高下相应，就像钟声那样合调。无论在克里特、斯巴达，还是塞萨利亚，都不曾有过这么一队吠得更好听的猎犬；你听见了之后便可以自己判断。但是且慢！这些都是什么仙女？

**伊吉斯：** 殿下，这是我的女儿；这是拉山德。这是狄米特律斯；这是海伦娜，奈达老人的女儿。我不知道他们怎么都躺在这儿。

**忒修斯：** 他们一定早起守五月节，因为闻知了我们的意旨，所以赶到这儿来参加我们的典礼。但是，伊吉斯，今天不是赫米娅应该决定她的选择的日子了吗？

**伊吉斯：** 是的，殿下。

**忒修斯：** 去，叫猎奴们吹起号角来惊醒他们。（一侍从下，幕内号角及呐喊声；拉山德、狄米特律斯、赫米娅、海伦娜惊醒跳起）早安，朋友们！情人节早已过去了，你们这一辈林鸟到现在才配起对来吗？

**拉山德：** 请殿下恕罪！（携余人并跪下）

**忒修斯：** 请你们站起来吧。我知道你们两人是对头冤家，怎么会变得这样和气，大家睡在一块儿，没有一点儿猜忌了呢？

**拉山德：** 殿下，我现在还是糊里糊涂，不知道应当怎样回答您的问话，但是我敢发誓说我真的不知道怎么会在这儿，但是我

203

想——我要说老实话,我现在记起了,一点儿不错,我是和赫米娅一同到这儿来的。我们想要逃出雅典,避过了雅典法律的峻严,我们便可以——

**伊吉斯:** 够了,够了,殿下,话已经说得够了。我要求依法,依法惩办他。他们打算,他们打算逃走,狄米特律斯,用那种手段欺弄我们,使你的妻子落了空,使我给你的允许也落了空。

**狄米特律斯:** 殿下,海伦娜告诉了我他们的出奔,告诉了我他们到这林中来的目的;我在盛怒之下追踪他们,同时海伦娜因为痴心的缘故也追踪着我。但是,殿下,我不知道一种什么力量——但一定是有一种力量——使我对于赫米娅的爱情会像霜雪一样融解,现在想起来就像一段童年时所爱好的一件玩物的记忆一样。我一切的忠信,一切的心思,一切乐意的眼光,都是属于海伦娜一个人了。我在没有认识赫米娅之前,殿下,就已经和她订过盟约,但正如一个人在生病的时候一样,我厌弃着这一道珍馐,等到健康恢复,就会恢复了正常的胃口。现在我希求着她,珍爱着她,思慕着她,将要永远忠心于她。

**忒修斯:** 俊美的恋人们,我们相遇得很巧。等会儿我们便可以再听你们把这段话讲下去。伊吉斯,你的意志只好屈服一下了:这两对少年不久便将跟我们一起在庙堂中缔结永久的鸳盟。现在清晨快将过去,我们本来准备的行猎只好中止。跟我们

一起到雅典去吧,三三成对地,我们将要大张盛宴。来,希波吕忒。(忒修斯、希波吕忒、伊吉斯及侍从下)

**狄米特律斯:** 这些事情似乎微细而无从捉摸,好像化为云雾的远山一样。

**赫米娅:** 我觉得好像这些事情我都用昏花的眼睛看着,一切都化作了层叠的两重似的。

**海伦娜:** 我也是这样想。我得到了狄米特律斯,像是得到了一颗宝石,好像是我自己的,又好像不是我自己的。

**狄米特律斯:** 你们真能断定我们现在是醒着吗?我觉得我们还是在睡着做梦。你们是不是以为公爵在这儿,叫我们跟他走?

**赫米娅:** 是的,我的父亲也在。

**海伦娜:** 还有希波吕忒。

**拉山德:** 他确曾叫我们跟他到庙里去。

**狄米特律斯:** 那么我们真已经醒了。让我们跟着他走,一路上讲着我们的梦。(同下)

**波顿:** (醒)轮到咱的尾白的时候,请你们叫咱一声,咱就会答应。咱下面的一句是:"最美丽的皮拉摩斯。"喂!喂!彼得·昆斯!弗鲁特,修风箱的!斯诺特,补锅子的!斯塔弗林!他妈的!悄悄地溜走了,把咱撇下在这儿一个人睡觉吗?咱做了一个奇怪得了不得的梦。没有人说得出那是怎样的一个梦。要是谁想把这个梦解释一下,那他一定是一头驴子。咱好像是——没有人说得出那是什么东西。咱好像是——咱好像有——但要是谁敢说出来咱好像有什么东西,那他一定是一个蠢材。咱那个梦啊,人们的眼睛从来没有听到过,人们的耳朵从来没有看见过,人们的手也尝不出来是什么味道,人们的舌头也想不出来是什么道理,人们的心也说不出来究竟那是怎样的一个梦。咱要叫彼得·昆斯给咱写一首歌儿咏一下这个梦,题目就叫作"波顿的梦"。咱要在演完戏之后当着公爵大人的面唱这个歌——或者还是等咱死了之后再唱吧。(下)

## 第二场　雅典。昆斯家中

【昆斯、弗鲁特、斯诺特、斯塔弗林上。

**昆斯：**你们差人到波顿家里去过了吗?他还没有回家吗?

**斯塔弗林：**一点儿消息都没有。他准是给妖精拐了去了。

**弗鲁特：**要是他不回来,那么咱们的戏就要搁起来啦。它不能再演下去,是不是?

## 第四幕　第二场　雅典。昆斯家中

**昆斯：** 那当然演不下去啰。整个雅典城里除了他之外就没有第二个人可以演皮拉摩斯。

**弗鲁特：** 谁也演不了。他在雅典手艺人中间简直是最聪明的一个。

**昆斯：** 对，而且也是顶好的人。他有一副好喉咙，吊起膀子来真是顶呱呱的。

**弗鲁特：** 你说错了，你应当说"吊嗓子"。吊膀子，天老爷！那是一件难为情的事。

【斯纳格上。

**斯纳格：** 列位，公爵大人刚从庙里出来，还有两三位贵人和小姐们也在同时结了婚。要是咱们的玩意儿能够干下去，咱们一定大家都有好处。

**弗鲁特：** 哎呀，可爱的波顿好家伙！他从此就不能再拿到六便士一天的恩俸了。他准可以拿到六便士一天的。咱可以赌咒公爵大人见了他扮演皮拉摩斯，一定会赏给他六便士一天。他应该可以拿到六便士一天的；扮演了皮拉摩斯，应该拿六便士一天，少一个子儿都不行。

【波顿上。

**波顿：** 孩儿们在什么地方？心肝儿们在什么地方？

**昆斯：** 波顿！哎呀，顶好顶好的日子！顶吉利顶吉利的时辰！

**波顿：** 列位，咱要讲古怪事儿给你们听，可不许问咱什么事。要

207

是咱对你们说了，咱不算是真的雅典人。咱要把一切全都告诉你们，一个字也不漏掉。

**昆斯：** 讲给咱们听吧，好波顿。

**波顿：** 关于咱自己的事可一个字也不能告诉你们。咱要报告给你们知道的是，公爵大人已经用过正餐了。把你们的行头收拾起来，胡须上要用坚牢的穿绳，乌靴上要结簇新的缎带。立刻在宫门前集合，各人温熟了自己的台词。总而言之一句话，咱们的戏已经送上去了。无论如何，可得叫提斯柏穿一件干净一点儿的衬衫；还有扮演狮子的那位别把指甲修去，因为那是要露出在外面当作狮子的脚爪的。顶要紧的，列位老板们，别吃洋葱和大蒜，因为咱们可不能把人家熏倒了胃口。咱一定会听见他们说"这是一出风雅的喜剧"。完了，去吧！去吧！

（同下）

# 第五幕

## 第一场　雅典。忒修斯宫中

【忒修斯、希波吕忒、菲劳斯特莱特及大臣、侍从等上。

**希波吕忒：**忒修斯，这些恋人们所说的话真是奇怪得很。

**忒修斯：**奇怪得不像会是真实。我永不相信这种古怪的传说和神仙的游戏。情人们和疯子们都富于纷乱的思想和成形的幻觉，他们所理会到的永远不是冷静的理智所能充分了解。疯子、情人和诗人，都是空想的产儿：疯子眼中所见的鬼，多过于广大的地狱所能容纳；情人，同样是那么狂妄地能从埃及人的黑脸上看见海伦的美貌；诗人的眼睛在神奇的狂放的一转中，便能从天上看到地下，从地下看到天上。想象会把不知名的事物用一种方式呈现出来，诗人的笔再使它们具有如实的形象，空虚的无物也会有了居处和名字。强烈的想象往往具有这种本领，只要一领略到一些快乐，就会相信那种快乐的背后有一个赐予的人；夜间一转到恐惧的念头，一株灌木一下子便会变成一头熊。

**希波吕忒：** 但他们所说的一夜间全部的经历，以及他们大家心理上都受到同样影响的一件事实，可以证明那不会是幻想。虽然那故事是怪异而惊人，却并不令人不能置信。

**忒修斯：** 这一班恋人们高高兴兴地来了。

【拉山德、狄米特律斯、赫米娅、海伦娜上。

**忒修斯：** 恭喜，好朋友们！恭喜！愿你们心灵里永远享受着没有阴翳的爱情日子！

**拉山德：** 愿更大的幸福永远追随着殿下的起居！

**忒修斯：** 来，我们应当用什么假面剧或是舞蹈来消磨在尾餐和就寝之间的三点钟悠长的岁月呢？我们一向掌管戏乐的人在哪里？有哪几种余兴准备着？有没有一出戏剧可以祛除难挨的时辰里按捺不住的焦灼呢？叫菲劳斯特莱特过来。

**菲劳斯特莱特：** 有，伟大的忒修斯。

**忒修斯：** 说，你有些什么可以缩短这黄昏的节目？有些什么假面剧？有些什么音乐？要是一点儿娱乐都没有，我们怎么把这迟迟的时间消度过去呢？

**菲劳斯特莱特：** 这儿是一张预备好的各种戏目的单子，请殿下自己拣选哪一项先来。（呈上单子）

第五幕　第一场　雅典。忒修斯宫中

**忒修斯：** "与半人马作战，由一个雅典太监和竖琴而唱"，那个我们不要听。我已经告诉过我的爱人这一段表彰我的姻兄赫拉克勒斯武功的故事了。"醉酒者之狂暴，色雷斯歌人惨遭肢裂的始末"，那是老调，当我上次征服忒拜凯旋回来的时候就已经表演过了。"九缪斯神痛悼学术的沦亡"，那是一段犀利尖刻的讽刺，不适合于婚礼时的表演。"关于年轻的皮拉摩斯及其爱人提斯柏的冗长的短戏，非常悲哀的趣剧"，悲哀的趣剧！冗长的短戏！那简直是说灼热的冰、发烧的雪。这种矛盾怎么能调和起来呢？

**菲劳斯特莱特：** 殿下，一出一共只有十来个字那么长的戏，当然是再短没有了。然而即使只有十个字，也会嫌太长，叫人看了厌倦。因为在全剧之中，没有一个字是用得恰当的，没有一个演员是支配得恰如其分的。那本戏的确很悲哀，殿下，因为皮拉摩斯在戏里要把自己杀死。那一场我看他们预演的时候，我得承认确曾使我的眼中充满了眼泪；但那些泪都是在纵声大笑的时候忍不住而流着的，再没有人流过比那更开心的泪了。

**忒修斯：** 扮演这戏的是些什么人呢？

**菲劳斯特莱特：** 都是在这雅典城里做工过活的胼手胝足的汉子。他们从来不曾用过头脑，今番为了准备参加殿下的婚礼，才辛辛苦苦地把这本戏记诵起来。

**忒修斯：**好，就让我们听一下吧。

**菲劳斯特莱特：**不，殿下，那是不配烦渎您的耳朵的。我已经听完过他们一次，简直一无足取——除非您嘉纳他们的一片诚心和苦苦背诵的辛勤。

**忒修斯：**我要把那本戏听一次，因为纯朴和忠诚所呈献的礼物，总是可取的。去把他们带来。各位夫人女士们，大家请坐下。

（菲劳斯特莱特下）

**希波吕忒：**我不欢喜看见贱微的人做他们力量所不及的事，忠诚因为努力的狂妄而变成毫无价值。

**忒修斯：**啊，亲爱的，你不会看见他们糟到那地步。

**希波吕忒：**他说他们根本不会演戏。

**忒修斯：**那更显得我们的宽宏大度，虽然他们的劳力毫无价值，他们仍能得到我们的嘉纳。我们可以把他们的错误作为取笑的资料。我们不必较量他们那可怜的忠诚所不能达到的成就，而该重视他们的辛勤。凡是我所到的地方，那些有学问的人都预先准备好欢迎词迎接我。但是一看见了我，便发抖脸色变白，句子没有说完便中途顿住，话儿哽在喉中，吓得说不出来，结果是一句欢迎我的话都没有说。相信我，亲爱的，从这种无言中我却领受了他们一片欢迎的诚意；在诚惶诚恐

第五幕　第一场　雅典。忒修斯宫中

的忠诚的畏怯上表示出来的意味，并不少于一条娓娓动听的辩舌。因此，爱人，照我所能观察到的，无言的纯朴所表示的情感，才是最丰富的。

【菲劳斯特莱特重上。

**菲劳斯特莱特：** 请殿下示，念开场诗的预备登场了。

**忒修斯：** 让他上来吧。（喇叭奏花腔）

【昆斯上，念开场诗。

**昆斯：** 　　要是咱们，得罪了请原谅。

　　　　咱们本来是，一片的好意，

　　　　想要显一显。薄薄的伎俩，

　　　　　那才是咱们原来的本意。

　　　　　因此列位咱们到这儿来。

　　　　　为的要让列位欢笑欢笑，

　　　　否则就是不曾。到这儿来，

　　　　如果咱们。惹动列位气恼，

　　　　　一个个演员，都将，要登场，

　　　　　你们可以仔细听个端详。

**忒修斯：** 这家伙简直乱来。

**拉山德：** 他念他的开场诗就像骑一头顽劣的小马一样，乱冲乱撞，该停的地方不停，不该停的地方偏偏停下。殿下，这是一个好教训:单是会讲话不能算数,要讲话总该讲得像个路数。

**希波吕忒:** 真的,他就像一个小孩子学吹笛,呜哩呜哩了一下,可是全不入调。

**忒修斯:** 他的话像是一段纠缠在一起的链锁,并没有毛病,可是全弄乱了。跟着是谁登场呢?

【一号手前导,皮拉摩斯及提斯柏、墙、月光、狮子上。

**昆斯:** 列位大人,也许你们会奇怪这一班人跑出来干什么。不必寻根究底,自然而然地你们总会明白过来。这个人是皮拉摩斯,要是你们想要知道的话;这位美丽的姑娘不用说便是提斯柏啦。这个人手里拿着石灰和黏土,是代表着墙头,那堵隔开这两个情人的坏墙头。他们这两个可怜的人只好在墙缝里低声谈话,这是要请大家明白的。这个人提着灯笼,牵着犬,拿着柴枝,是代表着月亮。因为你们要知道,这两个情人只在月光底下才肯在尼纳斯的坟头聚首谈情。这一头可怕的畜生名叫狮子,那晚上忠实的提斯柏先到约会的地方,给它吓跑了,或者不如说是被它惊走了;她在逃走的时候脱落了她的外套,那件外套因为给那恶狮子咬住在它那张血嘴里,所以沾满了血斑。隔了不久,皮拉摩斯,那个勇敢的美少年,也来了,一见他那忠实的提斯柏的外套死在地上,便刺棱棱地一声拔出一把血淋淋的剑来,对准他那热辣辣的胸脯里豁

## 第五幕 第一场 雅典。忒修斯宫中

啦啦地刺了进去。那时提斯柏却躲在桑树的树荫里,等到她发现了这回事,便把他身上的剑拔出来,结果了她自己的性命。至于其余的一切,可以让狮子、月光、墙头和两个情人详详细细地告诉你们,当他们上场的时候。(昆斯及皮拉摩斯、提斯柏、狮子、月光同下)

**忒修斯:** 我不知道狮子要不要说话。

**狄米特律斯:** 殿下,这可不用怀疑,要是一班驴子都会讲人话,狮子当然也会说话啦。

**墙:** 小子斯诺特是也,在这本戏文里扮作墙头。须知此墙不是他墙,乃是一堵有裂缝的墙,在那条裂缝里皮拉摩斯和提斯柏两个情人常常偷偷地低声谈话。这一把石灰,这一撮黏土,这一块砖头,表明咱是一堵真正的墙头,并非滑头冒牌之流。这便是那个鬼缝儿,这两个胆小的情人在那儿谈着知心话儿。

**忒修斯:** 石灰和泥土筑成的东西,居然这样会说话,难得难得!

**狄米特律斯:** 殿下,这是我所听到的中间最俏皮的一段。

**忒修斯:** 皮拉摩斯走近墙边来了。静听!

【皮拉摩斯重上。

**皮拉摩斯:** 板着脸的夜啊!漆黑的夜啊!

夜啊!白天一去,你就来啦!

夜啊!夜啊!哎呀!哎呀!哎呀!

215

>　　　　　咱担心咱的提斯柏要失约啦!
>
>　　　　墙啊! 亲爱的，可爱的墙啊!
>
>　　　　你硬生生地隔分了咱们两人的家!
>
>　　　　墙啊! 亲爱的，可爱的墙啊!
>
>　露出你的裂缝，让咱向里头瞧瞧吧!（墙举手叠指作裂缝状）
>
>　　　　谢谢你，殷勤的墙! 上帝大大保佑你!
>
>　　　　但是咱瞧见些什么呢？咱瞧不见伊。
>
>　　　　刁恶的墙啊! 不让咱瞧见可爱的伊。
>
>　　　　愿你倒霉吧，因为你竟这样把咱欺!

**忒修斯：** 这墙并不是没有知觉的，我想他应当反骂一下。

**皮拉摩斯：** 没有的事，殿下，真的，他不能。"把咱欺"是该提斯柏接下去的尾白；她现在就要上场啦，咱就要在墙缝里看她。你们瞧着吧，下面做下去正跟咱告诉你们的完全一样。那边她来啦。

　　【提斯柏重上。

**提斯柏：**　　墙啊! 你常常听得见咱的呻吟,
　　　　　　怨你生生把咱共他两两分拆!
　　　　　　咱的樱唇常跟你的砖石亲吻,
　　　　　　你那用泥胶得紧紧的砖石。

**皮拉摩斯：**　咱瞧见一个声音; 让咱去望望,

## 第五幕　第一场　雅典。忒修斯宫中

不知可能听见提斯柏的脸庞。

提斯柏！

**提斯柏：** 那是咱的好人儿，咱想。

**皮拉摩斯：** 尽你想吧，咱是你风流的情郎。

好像里芒德，咱此心永无变更。

**提斯柏：** 咱就像海伦，到死也决不变心。

**皮拉摩斯：** 沙发勒斯对待普洛克勒斯不过如此。

**提斯柏：** 你就是普洛克勒斯，咱就是沙发勒斯。

**皮拉摩斯：** 啊，在这堵万恶的墙缝中请给咱一吻！

**提斯柏：** 咱吻着墙缝，可全然吻不到你的嘴唇。

**皮拉摩斯：** 你肯不肯到尼内的坟头去跟咱相聚？

**提斯柏：** 活也好，死也好，咱一准儿立刻动身前去。（二人下）

**墙：** 现在咱已把墙头扮好，

因此咱便要拔脚去了。（下）

**忒修斯：** 现在隔在这两个人家之间的墙头已经倒下了。

**狄米特律斯：** 殿下，墙头要是都像这样随随便便偷听人家的谈话，可真没法好想。

**希波吕忒：** 我从来没有听到过比这再蠢的东西。

**忒修斯：** 最好的戏剧也不过是人生的一个缩影；最坏的只要用想象补足一下，也就不会坏到什么地方去。

**希波吕忒：** 那该是你的想象，而不是他们的想象。

**忒修斯：** 要是我们对于他们的想象并不比他们对于自己的想象更坏，那么他们也可以算得顶好的人。两只好东西登场了，一只是人，一只是狮子。

【狮子及月光重上。

**狮子：** 各位太太小姐们，你们那柔弱的心一见了地板上爬着的一头顶小的老鼠就会害怕，现在看见一头凶暴的狮子发狂地怒吼，多半要发起抖来的吧？但是请你们放心，咱实在是细木工匠斯纳格，既不是凶猛的公狮，也不是一头母狮。要是咱真的是一头狮子而冲到这儿来，那咱才大倒其霉！

**忒修斯：** 一头非常善良的畜生，有一颗好良心。

**狄米特律斯：** 殿下，这是我所看见过的最好的畜生了。

**拉山德：** 要说他的勇气，这头狮子实在像只狐狸。

**忒修斯：** 要论智识，实在像只笨鹅。

**狄米特律斯：** 殿下，不见得。他的勇气是撑不起他的知识的，可一只狐狸却拖得走一只鹅。

**忒修斯：** 我敢说，他的知识决撑不起他的勇气，正如一只鹅拖不动一头狐狸。好啦，随他去吧，让我们听听月亮说些什么。

**月亮：** 这盏灯笼代表着角儿弯弯的新月——

**狄米特律斯：** 他应当把角装在头上。

## 第五幕　第一场　雅典。忒修斯宫中

**忒修斯：** 他并不是新月，圆圆的哪里有什么角儿？

**月亮：** 这盏灯笼代表着角儿弯弯的新月。咱好像就是月亮里的仙人。

**忒修斯：** 这该是最大的错误了。应该把这个人放进灯笼里去；否则他怎么会是月亮里的仙人呢？

**狄米特律斯：** 他因为怕蜡烛不敢进去。瞧，他恼了。

**希波吕忒：** 这月亮真使我厌倦。他应该变化变化才好！

**忒修斯：** 照他那知觉欠缺的样子看起来，他大概是一个残月；但是为着礼貌和一切的理由，我们得忍耐一下。

**拉山德：** 说下去，月亮。

**月亮：** 总而言之，咱要告诉你们的是，这灯笼便是月亮；咱便是月亮里的仙人；这柴枝是咱的柴枝；这狗是咱的狗。

**狄米特律斯：** 嗐，这些都应该放进灯笼里去才对，因为它们都是在月亮里的。但是静些，提斯柏来了。

【提斯柏重上。

**提斯柏：** 这是尼内老人的坟。咱的好人儿呢？

**狮子：** （吼）呜……呜！（提斯柏奔下）

**狄米特律斯：** 吼得好，狮子！

**忒修斯：** 奔得好，提斯柏！

**希波吕忒：** 照得好，月亮！真的，月亮照得姿势很好。（狮子撕

219

破提斯柏的外套）

【皮拉摩斯重上。

**狄米特律斯：**于是皮拉摩斯来了。

【狮子下。

**拉山德：**于是狮子不见了。

**皮拉摩斯：** 可爱的月亮，咱多谢你的阳光。

谢谢你，因为你照得这么皎洁！

靠着你那慈和的闪烁的金光，

咱将要饱餐着提斯柏的秀色。

但是且住，啊该死！

瞧哪，可怜的骑士，

这是一场什么惨景！

眼睛，你看没看见？

这种事怎会出现？

可爱的宝贝啊，亲亲！

你的好外套一件，

怎么全都是血点？

过来吧，狰狞的凶神！

快把生命的羁缠

从此后一刀割断。

## 第五幕　第一场　雅典。忒修斯宫中

今朝咱了结了残生！

**忒修斯：** 这一种情感再加上一个好朋友的死，很可以使一个人脸带愁容。

**希波吕忒：** 该死！我倒真有点儿可怜这个人。

**皮拉摩斯：** 苍天啊！你为什么要造下狮子，

让它在这里踩躏了咱的爱人？

她在一切活着爱着的人中，

是一个最美最美最最美的美人。

淋漓地流吧，眼泪！

咱要把宝剑一挥，

当着咱的胸头划破：

一剑刺过了左胸，

叫心儿莫再跳动，

这样咱就死啰死啰！（以剑自刺）

现在咱已经身死，

现在咱已经去世，

咱灵魂儿升到天堂。

太阳，不要再照耀！

月亮，给咱拔脚跑！（月亮下）

咱已一命，一命丧亡。（死）

**狄米特律斯：** 不是双亡，是单亡，因为他是孤零零地死去。

**拉山德：** 他现在死去，不但成不了双，而且成不了单。他已经变成"没有"啦。

**忒修斯：** 要是就去请外科医生来，也许还可以把他医活过来，叫他做一头驴子。

**希波吕忒：** 提斯柏还要回来找她的爱人，月亮怎么这样性急便去了呢？

**忒修斯：** 她可以在星光底下看见他的。现在她来了。她再痛哭流涕一下子，戏文也就完了。

【提斯柏重上。

**希波吕忒：** 我想对于这样一个宝货的皮拉摩斯，她可以不必浪费口舌，我希望她说得短一点儿。

**狄米特律斯：** 她跟皮拉摩斯较量起来真是旗鼓相当。上帝保佑我们不要嫁到这种男人，也保佑我们不要娶着这种妻子！

**拉山德：** 她那秋波已经看见他了。

**狄米特律斯：** 于是悲声而言曰；

**提斯柏：** 　　睡着了吗，好人儿？

　　　　　　啊！死了，咱的鸽子？

　　　　　　皮拉摩斯啊，快醒醒！

　　　　　　说呀！说呀！哑了吗？

## 第五幕　第一场　雅典。忒修斯宫中

唉，死了！一堆黄沙

将要盖住你的美睛。

　嘴唇像百合花开，

　鼻子像樱桃可爱，

　黄花像是你的面孔，

　一齐消失，消失了，

　有情人同声哀悼！

他眼睛绿得像青葱。

　命运主宰三巫婆，

　快快走近我身边。

　伸出玉腕凝霜雪，

　鲜血里面涮一涮。

　咔嚓一声命剪断，

　少年青春若琴弦。

舌头，不许再多言！

　凭着这一柄好剑，

赶快把咱胸膛刺穿。（以剑自刺）

　再会，亲爱的友朋！

　提斯柏已经毕命。

再见吧，再见吧，再见！（死）

**忒修斯：** 他们的葬事要让月亮和狮子来料理了吧？

**狄米特律斯：** 是的，还有墙头。

**波顿：**（跳起）不，咱对你们说，那堵隔开他们两家的墙早已经倒了。你们要不要瞧瞧收场诗，或者听一场咱们两个伙计的贝格摩舞？

**忒修斯：** 请把收场诗免了吧，因为你们的戏剧无须再有什么解释；扮戏的人一个个死了，我们还能责怪谁不成？真的，要是写那本戏的人自己来扮皮拉摩斯，把他自己吊死在提斯柏的裤带上，那倒真是一出绝妙的悲剧。实在你们这次演得很不错。现在把你们的收场诗搁在一旁，还是跳起你们的贝格摩舞来吧。（跳舞）夜钟已经敲过了十二点。恋人们，睡觉去吧，现在已经差不多是神仙们游戏的时间了。我担心我们明天早晨会起不来，因为今天晚上睡得太迟。这出粗劣的戏剧却使我们不觉打发了冗长的时间。好朋友们，去睡吧。我们要用半月工夫把这喜庆延续，夜夜有不同的寻欢作乐。（众下）

【迫克上。

**迫克：** 　　　　饿狮在高声咆哮，

　　　　　　　　豺狼在向月长嗥，

　　　　　　　　农夫们鼾息沉沉，

　　　　　　　　完毕一天的辛勤。

## 第五幕　第一场　雅典。忒修斯宫中

炭火还留着残红，

鸱鸮叫得人胆战，

传进愁人的耳中，

仿佛见殓衾飘随。

现在夜已经深深，

坟墓都裂开大口，

吐出了百千幽灵，

荒野里四散奔走。

我们跟着赫卡忒[①]，

离开了阳光赫奕，

像一场梦景幽凄，

追随黑暗的踪迹。

且把这空屋打扫，

供大家一场欢闹；

驱走扰人的小鼠；

还得揩干净门户。

【奥布朗、提泰妮娅及侍从等上。

**奥布朗：**　　　　屋中消沉的火星

---

① 希腊神话中下界的女神。

微微地尚在闪耀。

跳跃着每个精灵

像花枝上的小鸟。

随我唱一支曲调,

一齐轻轻地舞蹈。

**提泰妮娅:** 先要把歌儿练熟,

每个字玉润珠圆。

然后齐声唱祝福,

手搀手缥缈回旋。(歌舞)

**奥布朗:** 趁东方没有发白,

让我们满屋溜达。

先去看一看新床,

祝福它吉利祯祥。

这三对新婚伉俪,

愿他们永无离弃,

生下来小小儿郎,

一个个相貌堂堂,

不生黑痣不缺唇,

再没有半点瘢痕。

## 第五幕　第一场　雅典。忒修斯宫中

　　　　　　　　用这神圣的野露，

　　　　　　　　你们去浇洒门户，

　　　　　　　　祝福屋子的主人，

　　　　　　　　永享着福禄康宁。

　　　　　　　　快快去，莫犹豫，

　　　　　　天明时我们重聚。（除迫克外皆下）

**迫克：**　　　　要是我们这辈影子

　　　　　　　　有拂了诸位的尊意，

　　　　　　　　就请你们这样思量，

　　　　　　　　一切便可得到补偿：

　　　　　　　　这种种幻景的显现，

　　　　　　　　不过是梦中的妄念。

　　　　　　　　这一段无聊的情节，

　　　　　　　　真同诞梦一样无力。

　　　　　　　　先生们，请不要见笑！

　　　　　　　　倘蒙原宥，定当补报。

　　　　　　　　万一我们幸而免脱

　　　　　　　　这一遭嘘嘘的指斥，

　　　　　　　　我们决不忘记大恩，

迫克生平不会骗人。

再会了!肯赏个脸子的话,

就请拍两下手,多谢多谢!(下)